JN144614

スピリチュアル系
元国連職員、再び吼える!

人類史上初、宇宙平和への野望

あなたの幸せは、
宇宙からはじまる

萩原孝一

プロローグ

突然、現れた不思議な声「地球を救え」って!?

私はよく「スピリチュアル系元国連職員の萩原孝一さん」と紹介されます。ちょっと気持ち悪いですよね。

今から五年前に初の著書『スピリチュアル系国連職員、吼(ほ)える！　ざまあみやがれ、今日も生きている』（たま出版）を発表しました。

当時はＵＮＩＤＯ（国際連合工業開発機関）という国連機関の職員として、主にアフリカの産業起こしに関わっていました。

四年半前に定年退職し、今は作家や講師の真似ごとなどをしながら、残りの人生を愉しく過ごすことばかり考えながら生きています。

スピリチュアル系国連職員という〝称号〟は、私自身の創作です。何気なく思いついたものですが、拙著を世に出していただいた出版社の人からは、少しほめられました。

「いや〜、このネーミングは大したものですよ。聞くところによれば、地球上には国連職員と呼ばれる人種が五万人ほどいるそうじゃないですか。一方で、スピリチュアル系の人種にいたっては、それこそ星の数ほどいます。でもこの二つが合体すると、絶滅危惧種的な希少な存在となりますよ。いや〜、素晴らしい！　この際はっきり申し上げましょう。このブランド以外ではあなたの作家としての居場所はありません」

と微妙な賛辞ではありましたが……。


私のスピリチュアルの始まりは、一九九七年一〇月、当時住んでいたウィーンで突然現れた不思議な「声」でした。

しかもそれが〝Save the Earth（地球を救え）〟という厄介なメッセージつきだったのです。

もともと私はスピリチュアル体質ではなかったので、そのときの狼狽ぶりはかなり滑稽でした。

プロローグ

結局、その「声」とのつき合いは数か月（一九九七年一〇月〜一九九八年五月）という期間限定でしたが、たくさんのことを教わりました。

私の直近の前世はアフリカ人だったことも思い出させてくれました。これは今の私にとても大切な「記憶」です。

そして、なんといっても決定的な「教え」は次のようなものです。

人生に目的などなくてもよい。もともとそんなものはないのだ。でもそれだとちょっと生きづらいとか、目標を定めにくいのであれば、あえて言う。人生の目的は「愉しむこと」である。

愉しむことだけが唯一の目的でありルールである。

愉しくないことをしていると感知したら、即座にイエローカード、レッドカードを出せ。「落ち込み」なんぞは三秒で十分である。ほとんどの問題は、金か時間か考え方が解決してくれる。今は苦しいけれど、きっと何年後には笑い話になるときがくる。それがわかっているのであれば、何年も待つ必要はない。

笑うのは今である。常に「今」と「ここ」に生きよ。

固定観念を捨てよう！

団塊の世代の私にとって、人生は闘いの連続でした。受験戦争から出世競争へ。まさに人と競うことばかりでしたが、それは一種の醍醐味でもありました。

でも、そんな競争にいよいよ疲れかけた頃に「声」が現れたのです。「声」に誘われるままに「闘う男」から「愉しむ男」へと、コペルニクス的大変身を遂げた頃から、私の人生に大きな変化が起こりました。

固定観念からの解脱といったら大げさでしょうか。「思い込み」という肩に背負っていたどうでもよい重い荷物をおろす解放感は、何ものにも代え難いものがありました。

このとき私はまだ五〇歳に差しかかったばかりでしたが、死ぬまで愉しい人生を送れるという確信を得ました。

さて、それでは私の残りの人生は、いったいどんな愉しみがあるのでしょうか？

プロローグ

今から二五年ほど前、ちょうど不惑を迎えた頃から、不思議なヴィジョンを見るようになりました。

私が七五歳になる二〇二五年一〇月。ニューヨークの国連総会で一時間の演説をしている自分の姿が、しょっちゅう脳裏に浮かぶようになったのです。なぜそういうヴィジョンを見るのか、ずっと不思議でした。

それが二〇一四年末、自宅近くのジムでストレッチの最中に「何か」とつながったのです。

その瞬間、そのヴィジョンは意識へと変わっていきました。

それは、現在の私の活動はすべて、二〇二五年のニューヨークへと続いているということだったのです。

定年退職以後、いろいろなことを手がけていますが、私のしたいことはただ一つ。

穏やかな世の中をつくることです。

国連憲章にある人類の見果てぬ夢「恒久平和」の礎(いしずえ)となることが、私に残された生涯のミッションと決めました。

私のこれからの課題は、この難しいミッションをどのように愉しんで実行できるかです。必死に頑張っている姿は、私には似合いません。いかにユルユルと目標に向かっていくのかとても愉しみにしています。

平和をつくるのは政治ではなく、我ら「在日宇宙人」！

今、人類はその存在を脅(おびや)かす多くの問題に直面しています。私はこのまま時代が進むと、人類は遠からず決定的な滅亡の危機を迎えてしまうのではないかと危惧しています。

環境問題や核戦争の脅威など、この地球上には深刻な問題がたくさんあります。残念なことですが、地上に存在するすべての国家の英知を集めても、問題解決の道はありません。

私は何も、みなさんを脅かそうとしているのではありません。

プロローグ

つまり、これらの問題は、政治的決着や解決は不可能だということです。それぞれが国益を最優先する限り、地球全体の利益という発想はわいてきません。

悲しいことですが、それが現実です。

現在の国際連合の残念な姿を見ればわかります。もはや、官僚や政治にこれ以上期待するのはムダです。

日本の場合なら、永田町や霞が関は頼りにできないと、私たち一般国民がはっきりと認識することです。

ということは、我々のような普通の人々の出番が整ったということです。

どの国にもある「前例主義」を勇敢に排除し、人類がかつて経験したことのない難問題に対しては、思いもよらぬ、それこそ奇想天外な解決方法を編み出すしか、道はないと思っています。

地球は二〇〇近くある国家の集合体ではありません。

地球は一つの宇宙連合です。日本人、中国人、アメリカ人のような「どこかの国に属している人」という考えを改め「地球人」という発想が必要です。意識のイノベーションが、ぜったいに必要です。

地球人だって、もともとどこか別の星からきたのでしょうから、この瞬間、日本にいる人間はさしずめ「在日宇宙人」と称されるべきです。

現実を変えるためのスピリチュアル

私は基本的にはスピリチュアル体質ではありません。はっきり申せば、スピリチュアルと呼ばれるジャンルの中には、オドロオドロしくてついていけないと感じるものもあります。

それらをすべて否定はしませんが、とらわれ過ぎてはもとも子もありません。スピリチュアルが人生の〝逃避先〟となってしまってはなんの意味もありません。

私にとってスピリチュアルは、この浮世を愉しむためのツールの一つです。

多くのスピリチュアル系が、「スピこそ命！」「スピがあれば救われる！」とばかりに「スピリチュアルエゴ」に陥っているのは残念なことです。

プロローグ

独りよがりの思い込みを他人に押しつけるような行為は、厳に慎むべきです。しかもその思い込みは、誰か別の人の固定観念を引き継いでいるか、あるいはその世界の本の読み過ぎの産物です。

それで平和がやってくるのであれば、人類の二〇〇〇年史が戦争で血塗られることはなかったはずです。

スピリチュアル系のグループの多くは、いかにも現実的ではありません。一方、いかにも現実的なグループは「心の世界」を無視し過ぎです。私はこの二つを有機的に融合することを試みようと思っているのです。

世界の平和はニッポンから始まる

私は国連在職中、さまざまな国でさまざまな〝事件〟に遭遇しました。そのたびに、日本がまさに平和への解決の糸口を握っていると実感していました。

本書では、それらの出来事を中心に、現実的な体験とスピリチュアル的感性をもとに、なぜ日本が解決の糸口を握っているのかを検証したいと思います。

これは大げさなことではありません。

一人ひとりの見方を少し変えるだけで、自分のみならず周りの人も、ひいては世界をも幸せに導くことができるという、とても簡単な提案です。

私は自信をもって、地上でもっとも幸せな国ニッポンが、大混乱を起こしている現在の世界を整える、と言い切ります。

「在日宇宙人」のあなたが投じる小さな一石がさざ波となり、日本の平和、人類の平和、そして最後に地球の平和に向けて、大きな波へと変貌していくという筋書きです。

その姿を生まれ故郷の宇宙が静かに見守ってくれています。


さぁ、あなたはいったい何から始めますか？

その一歩は、あなたから始められます。

ぜひ最後までおつき合いください。

目次

スピリチュアル系元国連職員、再び吼える!

人類史上初、宇宙平和への野望

あなたの幸せは、宇宙からはじまる

プロローグ

第一章 豊かさって、なんだ?

心

お金

一銭にもならない、お金の悩み。
「お気楽」が解決の早道！

食料

残すなら食べるな、捨てるなら買うな！

第二章　生きるって、なんだ？

環境

「私たちの地球」とか言うけど、それって驕ってない？

事故

「ゴルゴ13」は事故に遭わない。気合と集中がすべて

第三章 平和って、なんだ？

犯罪

犯罪に巻き込まれるのも神の仕業

人間関係

人間関係は、まさに領土問題！
バカバカしい解決法をバカバカしいと思うな！

リーダー

平和

エピローグに代えて

ブックデザイン　ツカダデザイン
イラスト　立川みどり
校正　皆川秀

第一章
豊かさって、なんだ!?

餓死はしなくても、アフリカより「内戦状態」のストレス社会、ニッポン！

アフリカってすごいんだぞ！　知っている人は少ないけど……

「アフリカの中で真っ先に思いつく国はどこ？」

私は最前列に座っていたイケメン男子学生にマイクを向けてみました。

これは数年前、ある関東圏の大学での講義中の一コマです。名誉のため、その大学の名前は明かせません。さる大学としておきます。

一方通行の授業は面白くないので、いわゆるアイスブレーキングとして、簡単な質問から始めたつもりでした。

昨今の学生は、自ら発言することがあまりないと聞いていました。私たち団塊の世代のような「目立ちたがり集団」には信じられないことです。それ故に、挙手ではなく指名にしてみたのです。

こともあろうか、そのイケメン君は、床の一点をじっと見すえたまま、二〇秒ほど沈黙を保ちました。腕組みをしながら、特に何かを考えている様子もありません。とにかく無言なのです。まるで能面のように表情もありません。

「うむ？　何かあったか、この子には？」

私は仕方なく、隣の男子学生にマイクを移しました。

ところが、これまたまったく反応なし。この青年にいたっては、まばたき一つありません。

オーマイゴッド！　ここは、さる大学ではない！　ひょっとしてサルの大学か？

とほほ、絶望はさらに続きます。

次の学生も目は半開き状態で、これまた無言です。

「もしかすると、こいつら俺にケンカでも売っているのか⁉」

イヤ〜な汗がにじんできました。

すでに三分近くが経過しました。教室は水を打ったような静けさで、不気味な雰囲気さえ漂っています。


救いの神は、次に現れました。さすが四番バッターです。

しかし……、な、な、なんと！

彼はマイクに拾えないほど小さな声で「ブラジル？」とつぶやいたのです。あまり自信がなかったとみえ、小首を傾(かし)げながらの回答でした。

「ええ〜っ！　ブラジルかよ！」

あやうく私は卒倒しそうでした。


繰り返しますが、ここは小学校ではありません。れっきとした四年制の大学です。

第一章

豊かさって、なんだ？

日本では最高学府と呼ばれる館での出来事です。

もっとすごいのは、この「珍答」に対して、教室内からどよめきや失笑の一つもなかったことです。

し〜〜〜ん！

困ったのはこの私。

「惜しい！　ブラジルは大西洋という小さな海をはさんでアフリカとはお隣サンのようなもんだ！」

私はほとんど絶叫していました。こうなりゃ、やけのやんぱちです。あほらしかったけれど、肩などたたいて激励するしかないでしょ。

すると、今度は髪の長い女子大生が自信ありげに「コスタリカ！」ときやがりました。もう最近のテレビ界を席巻しているおバカキャラが勢ぞろいした感があります。

「うわぁ〜、これまた惜しい！　でもコスタリカを知っている君はエライ！」

冗談じゃな〜い！　こんなヤツらにつき合っている私のほうが、よっぽどエライッ！

我慢の甲斐あって、六番目にやっとアフリカが出ました。典型的な草食男子風の学生が、ちょっと誇らしげに言いました。

「カメルーン！」

出た〜！

またマニアックな国が出たものです。おそらくその草食男子は、二〇〇二年の日韓合同主催のワールドカップで、大分県の小さな村がカメルーンチームの合宿村となり、一躍有名になったことを記憶していたのでしょう。

冷や汗をかきながらも一か国出たので、私は質問を打ち切りました。

アフリカで一〇〇〇人死んでも、世界は驚かない

ひょっとして、このエピソードは笑えないことかもしれません。事実、日本中を見渡せば、アフリカとアマゾンの区別すら危うい人がたくさんいます。

これは日本だけの現象ではありません。世界的にもアフリカへの関心は薄いのです。

東京で一〇人の人がいっぺんに死ねば、日本中が驚く。
ニューヨークで一〇〇人の人が死ねば、世界中が驚く。
でも、アフリカで一〇〇〇人が死んでも、世界はそれほど驚かない。

ちょっと極端な例えですが、それほどにアフリカは人々の関心外の存在です。

日本では、わざわざアフリカに旅行する人は少ないでしょう。全海外旅行者の一パーセント以下ではないでしょうか? にも関わらず、日本人の多くはアフリカに対して、とても強いイメージを持っています。

「遠い!」
「危ない!」
「貧しい!」

一言でいうと「貧困と飢餓に苦しむかわいそうな人たち」というステレオタイプのものです。

アフリカに一歩も足を踏み入れたことがないのに、多くの人はこういう固定観念を持っています。

テレビや新聞報道は、ほとんどの場合、アフリカの暗いニュースだけを取り上げるので、我々は知らず知らずの間に「アフリカ=暗黒の大陸」という構図が刷り込まれてしまっているのです。これは、とんでもない情報操作です。

アフリカから見たニッポンは、なんと内戦状態!

アフリカは現在「バブル」を経験していると知ったら、多くの日本人は驚くことでしょう。

もちろんこのバブルは日本が経験したものとは違い、今から一〇年ほど前に、突如始まった資源高騰によるものです。したがって、富める者はより富めるようになり、貧しい者はそのままという、経済の不均衡の上に成り立つ極めて不健全な状態です。

それでもアフリカの経済は、多くの日本人が想像するほど悪くはありません。むしろ良いのです。

しかし、この経済成長とは裏腹に、アフリカの闇は依然として深いものがあります。アフリカは日本の八〇倍以上の広さで、人口は約一一億人です。五十四か国を有し、約二五〇〇もの民族グループ（部族という言葉はあえて使いません）があり、その多様性は日本人の想像を超えています。アフリカ人は、国よりも所属する民族グループへの帰属意識のほうが、はるかに強いといわれています。

そのような背景もあり、問題は山積です。「貧困」「飢餓」「治安」「疫病」「経済」「汚職」など、どれ一つとっても深刻です。

アフリカには、平均寿命がいまだに六〇歳以下の国が半分以上あります。中には三〇代、四〇代という国もあります。

例えばマラウィという国の平均寿命は四六歳ですが、これは日本人の平均年齢とほぼ同じです。

ざっくり言うと、平均的日本人は、平均的アフリカ人より、三〇年長生きできるわけです。

日本では七〇歳、八〇歳まで生きるのは当たり前と思われていますが、日本に生まれたということは、それだけで長生きできる幸せがある、ともいえるのです。

しかしながら、アフリカから日本を観察すると、そんな幸せがある一方、目も当てられない不幸も入り混じっているように思えてなりません。

アフリカの多くの国々は、内戦を経験しています。大量虐殺を例外とすれば、戦闘による死亡率は、日本の自殺による死亡率と比べて、はるかに低いのです。

戦闘によって命を落とすアフリカ人よりも、自ら命を捨てる日本人のほうが、はるかに多いということです。

アフリカの小国目線で眺めれば、日本はほとんど内戦状態に近いといえるでしょう。

大げさですが、日本人は地上でもっともひどい環境下で生きることを強いられた人々と、同じぐらいのストレスを抱えて生きているわけです。

物質的にはもっとも満たされているはずの日本人が、どうしてこのような状態なのでしょうか。

貧しいのに、なんでそんなに楽しそうなの⁉

〝元アフリカ人〟の私としては、忸怩（じくじ）たる思いで言いますが、日本がアフリカから学ぶべきハード（設備や機器系）は、ほとんどありません。

アフリカのほぼ全土は、かつての植民地政策に翻弄（ほんろう）され続けました。例えば将来、武器製造につながる恐れのある技術（金属加工業など）を指導された歴史はまったくありません。

その結果、今なおフォークやスプーンといった生活必需品すらまともに作れない国々ばかりです。

植民地時代の負の名残が今も色濃く残っていて、「被害者意識」からなかなか脱出できない状態でもあります。この意識こそが、アフリカの発展を妨（さまた）げている大きな要因であることは誰の目にも明らかなことです。

それでは、日本がアフリカから学ぶことはまったくないのでしょうか？

あります！　ぜったいにあります！

それこそがソフトである「心の世界」です。

物質面の豊かさは日本とは比べものになりませんが、心の豊かさは満タン！「生きる達人たち」がアフリカにはたくさんいます。

どこかでほんのちょっとだけボタンをかけ違えてしまった我ら日本人が軌道修正をするために、アフリカから学ぶことはたくさんあります。

極貧の中、人々が楽しそうに暮らしているのはどうしてでしょう？

そこにはやはり生きる極意や知恵があります。

かつてケニアの友人からこう言われたことがあります。


「日本人は『Watch（時計）』を持っている。それも世界一精巧なやつを。それはそれで素晴らしい。でもアフリカ人は『Time（時）』を持っている」


一本取られました。

アフリカ人は目に見えないものに畏敬の念を持っています。そして限りある所有物だけで十分に満足する術を知っています。かつての日本人がそうであったように……。

豊かさって、なんだ？

現在の日本は、「持っていないもの」にばかり目がいき、「飢餓文化」が席巻している気がします。〝モアモア教〟とでも称されるべきおぞましい宗教のようです。一度これに魅せられるとさぁ大変!! もっともっと（more more）と飢えてばかりいる人生になるのですから。

アフリカ人と日本人の「豊かさ」や「幸せ」に対する概念には、大きな違いがあります。

あるアフリカの遊牧民族の言葉で、豊かである、幸せであるという意味は家畜が健康で繁殖している状態を指します。日本人にとっては、「えっ、そんなことが幸せ!?」ですよね。

ここでは、所得がないことが不幸であるということに直結しません。「今日は良かった。明日はさらに良くなる」というのが日常の挨拶といわれています。

一度、アフリカで一般的な生活に触れることがあったら、きっと人生観が根底から揺さぶられるでしょう。

幸せの青い鳥は、やっぱりすぐそばにいる。早く日本人も気がつきたいですね！

私の当面の目標は、世界地図を前にして、日本人の二人に一人がアフリカの位置を正確に指し示すことができるようになることです。

今、下を向いてしまったあなた。早速世界地図を開いてアフリカがどこにあるかを確認してください。

一銭にもならない、
お金の悩み。
「お気楽」が解決の早道！

金勘定ができないと、金に無頓着になれる⁉

私はこれまでの生涯で、経済的にピンチに陥ったことがありません。今、カチンときた読者がいますね。まあ聴いてください。

私は金持ちの家に生まれたわけではありませんが、幼い頃から両親に「おまえは金の苦労はしない」と洗脳されたので、その結果、生活の中心にお金が座ったことは一度もないわけです。

　私が小学二年生のとき、池袋に住んでいる老整体師の世話になっていました。その老人は、当時その道でカリスマ的な存在でした。

　両親は、私の小児ぜんそくを完治させようと、せっせと通わせてくれたのです。

　ある日、その老整体師が両親に質問しました。

「ところで、この子をどうする気かな？」

　あまりに唐突な問いに、親父は困惑気味。

「……とおっしゃいますと？」

「この子にご商売を継がせるおつもりかな？　商人にするのであれば、この筋の位置を変えておいたほうがいいのだが」

　と私の右腕をつかむ。

「せがれを商人にするつもりはありません」

　と親父。母もうなずく。

「そうか。このままだと金勘定ができない子に育つが」

（エエーッ！）

「金に苦労するということでしょうか？」

（心配です）

「いや、この子が金の苦労をすることはまずない」

（ホッ！）

「それならば、そのままにしておいてください。こいつには自由に生きていってほしいんです」

（アッチャー！）

私はこのときすでに大金とは無縁の人生を歩むシナリオができ上がってしまったようです。

シナリオとは、生まれるときに自分で設定してきた筋書きのことです。

魂はそれらの出来事から何かを学ぼうとして設定したとも言えます。とにかく魂はありとあらゆる経験をしたがるのです。だからときとして、とんでもないシナリオを用意することがあります。

もっともお金に執着しないですむ人生は、幸せなことと感じています。したがって、物欲もほとんどありません。男ですから車に興味を持ったり、年頃になれば服にも関心を示しそうなものですが、まったくそういう物に無頓着です。

今でも着るものはすべてカミさん任せです。結婚して以来、私はカミさんの着せ替え人形に徹しています。そのほうが楽チンです。団塊世代の末席を汚すものとしては、男の風上にも置けないヤツかもしれません。

カミさんと結婚したときはラッキーだと思いました。

「彼女には貧乏が似合わない」

そう感じたので、この女性と一緒にいれば、生涯食いつめることはないと直感したのです。

勝手な思い込みですが、自分に都合よく考えるのは単なるクセです。

金欠病を経験せずに生きてこられたのは、運が良かっただけと思われても仕方ありません。スピリチュアル的な表現をお許し願えれば、直近の前世はアフリカ人で、極貧にあえいで死にました。ですから、お金に困らない今世は、そんな私の魂に対する「ご褒美（ほうび）」だと思っています。私はそれを素直にお受けしているのです。

すべてはシナリオ通りです、今回はお金の苦労をしない経験を選択しているだけのことです。私のしたたかな魂は、そのシナリオにもっともふさわしい親を選んできた、という次第です。

そんな背景もあって、私には金持ちになるという筋書きがありません。当然、金持ちになるためのモチベーションも持っていません。

質素な暮らしではありますが、それでも金銭的には十分満ち足りていると感じています。必要なときに必要なだけのお金が財布にあれば、それで十分です。

どう稼ぐかより、どう使うか

近年、書店には「錬金術」に関する書物があふれています。例えば「ホームレスから億万長者になった」というような。

もしあなたが本当にお金持ちになりたいのならば、一時的に金の亡者となることは仕方のないことかもしれません。むしろ、そうでもしないと大金は入らないでしょう。

犯罪ギリギリか、かなり下品な方法で得たとしても、金は金です。

大切なのは、その金を何の目的に使うかです。

大きな家を建てますか？　ロールスロイスを買いますか？　ブランド品で身を包みますか？　愛人を何人か囲いますか？　高級料理を食べまくりますか？　世界中を豪華客船で旅しますか？　それとも赤十字やＮＰＯに巨額を寄付しますか？　飢餓やエイズ撲滅のために財団を設立しますか？

いずれにしても、その結果、得るものはなんでしょうか？

優越感、勝利感、達成感、勝ち組になった喜び、安心感……。それらの感情は、通過点に過ぎません。

おそらく誰にとってもその行き着く先には「幸せ」があるはずです。

そうです、すべての道は幸せへと続くのです。それこそが究極の「人生の目的」なのですから。

偉人の肖像画が印刷されている紙の束を目の前に積み上げた結果、それは幸せにつながるのでしょうか。

第一章 豊かさって、なんだ？

贅沢品とはまったく無縁のアフリカの貧困家庭に生まれた子どもたちは、幸せになれないのでしょうか？

そんなバカなことはありません。

私はかつて住んだケニアの寒村の住民が、極貧の中でとても幸せそうに暮らしているのを目の当たりにしました。

美しい自然の中でたおやかな時間とともに「今、ここ」に生きる達人たちを何人も目撃しました。

物をほとんど持たずに、幸せになれるのはなぜでしょうか？

それは彼らが日常の何気ない小さな幸せを感じることができる天才だからです。

毎朝昇る朝陽に感謝の念を捧げます。苦労して得た一日の糧（かて）への感謝。日々生かされていることへの感謝。満ちたりていることへの感謝……。

このような感謝の気持ちを持てることこそが、本当の幸せというものです。

日本では当たり前と思われることに感謝できる喜び。「貧しいこと」＝「不幸せなこと」という持てる者の傲慢な発想が、ここにはありません。

お金の「呪い」を避ける方法

真の金持ちになるためには、「覚悟」がいるのです。

それは大抵の場合、お金を得るために消費されたエネルギーの対価を払わされることがあるからです。

お金を手に入れたあとの思わぬ落とし穴、しっぺ返しはつきものです。病気やけが、その後の転落人生、人間関係の悪化……などの形でやってきます。

人の裏切りのようなことは、初めから織り込んでおくことです。孤独になる覚悟がなければ、大金持ちなどにはならないことです。

お金の「呪い」や「逆襲」を避ける方法はただ一つ。

得たお金にともなう巨大なエネルギーを、放出すればいいのです。

ここに個人の「品格」が表れます。

豊かさって、なんだ？

成金や小金持ちが私利私欲に走ることはよくあります。残念ながら、たいがいは良い結末を迎えることはありません。

なぜソフトバンクの孫さんや、ユニクロの柳井さんは、東北被災地復興のために巨額をポンと寄付したのでしょうか。

大金持ちだから？　イメージアップのため？　後世に名を残したいから？　無償の愛の持ち主だから？

断っておきますが、世の中の大金持ちの多くは「守銭奴」と呼ばれる輩（やから）で、そのような理由で寄付などしません。

おそらく、孫さんも柳井さんも「お金の法則」を熟知されているのです。使いきれないお金は、どうしても「人の役に立つため」に使いたくなるのです。

やむにやまれぬ気持ち、というやつです。

この気持ちは、いったいどこから来るのでしょうか？

胎内記憶研究で知られる池川明先生は、私たちが生まれてくるのは「自分の人生のテーマを追求し多くの人の役に立つため」と結論づけています。人間もまんざらではありませんね。

「お金の法則」を無視すると、例えば名声を得るために偽善的な寄付行為などを始めたりしますが、すぐに化けの皮がはがれます。

でも、偽善がいつも悪いわけではありません。大きな災害に見舞われたときには、日本中に偽善者が大挙して出てきてほしいくらいです。「やらない善より、やる偽善」なのですから。

悩みグセを直すコツは、考えないクセをつけること

古今東西を問わず、人間の悩みはたいがい「人間関係」「金銭」「健康」に関することのようです。乱暴に言えば、その九五パーセントは「金」か「時間」か「考え方」で解決されるものです。

落ち込んでも事態は改善しないのですから、そんなムダはさっさとやめましょう。

心理カウンセリングの世界では、そういう自分をじっくりと観察しましょう、などという悠長な「療法」もあるそうですが、「落ち込みグセ」を増長させるだけです。

人間は考えれば考えるほど、ますます悪いほうへと落ちてしまうクセがあります。そうであれば、考え過ぎないクセを身につけたほうが、よほど理屈に合います。

私は生まれながらの能天気男なので、いまだかつて、ものすごく落ち込んだという記憶がありません。

そのフリをしたことはありますが、長くは続きません。そういう意味では特異体質かもしれません。

「落ち込みは三秒まで」

これが基本です。それ以上はムダな時間と考えています。その後は「まあ、いいか」の一言ですませてしまいます。これが案外、効果があるんですよ、言霊（ことだま）の威力恐るべし！

この体質は、わが両親の「子育て法」の産物です。

両親はそれほど教育熱心ではなかったかわりに、とにかく自由奔放に育ててくれました。大人になるまで私から「失敗をする権利」を奪い取ることはぜったいにしませんでした。今それを大変感謝しています。

私は親父から「おまえはついている。いい星のもとに生まれている」と、ことあるたびに言い含められて育ちました。無敵の心理カウンセラーが常にそばにいるようなものです。ですから落ち込めない体質の子どもに育つはずです。

大学受験に失敗したときの親父の第一声。

「そうか、人生の月謝ってやつだな！　月謝は高ければ高いほどイイ」

でした。私は長男ですから、両親は相当に期待していたに違いありません。それをわかっていたからこそ、この言葉に救われました。

今にして思えば、これは親父の父親としての覚悟だったのだと思います。勇気ある選択です。

おかげで「結局すべては上手くいく」というお気楽人生を歩ませていただいています。

小さなお子さんをお持ちのあなた、親の何気ない一言って大事ですよ。子どもに「限界」を与えるような言葉を投げかけることはやめましょう。

わが子相手に照れている場合ではありません。ほめるときは直球でほめましょう。

そして叱るときは徹底的に叱る。

いずれの場合も、フィナーレは思いっきりハグをすることです。〝親子ハグハグ〟は地上最強の生活習慣の一つです。

この世は「でたらめ」、あの世が「現実」

世界有数の「金持ち国家」になった日本にも「物」や「状態」に関係なく幸せを感じている人はたくさんいます。

その究極は「生きているだけで幸せ」というものです。

明石家さんまさんは「生きてるだけで丸儲け」と表現していますが、至言中の至言です。

人生を超真面目に考えると、「人生の目的は？」とか「私のミッションは？」とか「私はいったい何のために生きているのだろうか？」というような、とてつもなく深いテーマに行き着きます。

その結果、ほとんどの人は「落ち込みスパイラル」に巻き込まれます。

結局、人生においていちばん大切なことは、「生きる」ということ。つまりそこに「在ること」という結論にいたりました。

人間の最大の思い込みは、社会で生きていく上で、どうしても「しなければならないこと」「してはならないこと」があると信じることです。

まさに、「お金がなければ、幸せにはなれない」などという発想は「思い込み＝重いゴミ」です。

もし人生の中で一つだけ「しなければならない」ことがあるとすれば、それは、あの世からお迎えが来るその日まで、精一杯生きる。つまり「死ぬまで生きる」ことだけです。

よく人生はゲームに例えられますが、この地球は人生を愉しむにはおあつらえ向きの遊園地です。

大切なことは、その制限時間が尽きるまで、無邪気にタップリと「アトラクション」や「乗り物」を愉しむことです。

あまり知られていませんが、「誕生」の「誕」という言葉の第一義は、「でたらめ」「大げさな嘘を言う」という意味です。

つまり、人が生きるということは、基本的に「でたらめ」だということです。面白い発想ですね。

人がこの世を離れる日を「命日」と呼びます。つまりあの世に行くと、命になるわけです。ここは肝心なところです。

実に「この世」はでたらめ、「あの世」が現実なのです。

「あの世」を太平洋のような大海原に例えると、人間一人の「この世」での存在は、海中から絶え間なくわき上がる小さな泡のように儚いものです。パチンと弾けるまでの、わずか数秒の命です。究極の刹那ですね。

そう考えると、お金で悩むことはもちろん、「生きること」にそれほど大きな意味づけをする必要もないし、そんなに頑張らなくてもいいのではないかと思ってしまうのです。

真面目な人にとっては、こんなに不真面目でいい加減な考え方は受け入れ難いかもしれません。でもときどきは肩の力を抜いて人生をお気楽に考えてみましょうよ。ラテン調に〝ケ・セラ・セラ人生〟もまた良きかなです。たまにはイタリア人になって生きる歓びを謳歌しましょう。

「食べて、歌って、恋して！」

魂は不滅かもしれませんが、個々の人生は一度きりです。しかも、多分一人残らずいずれは死ぬのですから、思いきり羽目をはずして生きたいように生きればいいのです。

そんな〝冒険人生〟は、〝受け身人生〟よりはるかに愉しいはずです。

臨死体験をした人が数多くいるそうですが、完全に「あの世」に行った人が、こちらに帰ってきたためしがありません。

それはなぜか!?

「この世」に帰ってきたくないほど、「あの世」は素敵なところなのでしょう。

ある人が死の瀬戸際から「この世」に呼び戻されたときに発した一言は「ちぇっ！」だったそうですから。

日本でいちばん貧乏な人も、世界では四〇億番目!?

話がいろいろとそれてしまいましたが、愉しく暮らせるかどうかは、どのような生活習慣（考え方のクセ）を選択するかにかかっているのです。

世界の国別所得ランキングで、日本はかつてよりだいぶ下がってしまいましたが、それでもまだ一五位前後を保っています。

他方「自分は貧乏で生活に困っている」という日本人が大量に発生しています。ついちょっと前まで「八〇パーセントが中流意識」のこの国で！

いったい何を基準にそういう結論を導いてしまうのでしょうか？　誰かと比較してのことでしょうか？

ちなみに、日本の人口約一億二〇〇〇万人の中で、いちばん貧乏な人、つまり一億二〇〇〇万番目の人は、地球上に生息する約七三億人を対象とすれば、せいぜい四〇億番目くらいではないでしょうか。彼（彼女）の下に、三〇億人以上もいるはずです。

日本にいれば、まず餓死することはありません。ふところに一円も持たない人はめったにいません。これだけで世界のトップ五パーセントに入ります。

この国に生を受けたということは、それだけで大変幸せなことなのです。

ある程度の歳になると、使いきれないほどお金があることよりも、体中に何一つ痛みがないことのほうが、よっぽど幸せです。


自分はお金に縁がないとわかったら、お金では買えないものに価値を見出すことです。勇気を持って発想の大変換を試みることです。


「ないものはない！」と居直るところから始めてみましょう。究極の幸せはお金ではぜったいに手に入らない、というのは宇宙の法則なのですから。

その宇宙法則に、ひと足早く近づいていると思うことです。

このような発想の大転換で、考え方のクセはついていきます。

貧乏癖、不幸癖、愚痴言いまくり癖、ストレス溜め癖、悩み癖などなど。これらは愉しくない生活習慣の極みです。

このような健康に悪いクセはさっさとやめて、愉しくなるようなクセを習慣化しましょう。

幸福体質の人は、ほめられたことを忘れません。
不幸体質の人は、叱られたことを忘れません。

あなたはどっちですか？　もし後者だとしても、これは単なるクセですから、自分の中に良い感情を貯金していけばいいだけの話です。

過去の記憶の「書き換え」が難しいのであれば、これから起こることを〝都合よく受け取る周波数〟に体を合わせておきましょう。

残すなら食べるな、捨てるなら買うな！

輸入している食料の三分の一を捨てているニッポン！

現在、世界人口は七三億人と推定されています。一方、それを支える穀物生産量は二二一～二二三億トンで、平等に分配されれば一人当たり年間三二〇キロ以上は食べられることになります。

ちなみに、日本人は平均一六〇キロの穀物を消費しています。そのほかの食料（野菜や肉など）もありますから、その量も考えれば地球上に今も八億人近い飢餓人口がいるのは、ちょっと不思議です。

なんと九人に一人がいつも腹ペコなのですから。

アフリカでは五人に一人は飢えています。世界中で栄養失調で死んでしまう子どもは六秒に一人、一日一万四〇〇〇人にのぼります。

私たち日本人のように、食べるものがいつでも十分に手に入るのは、世界のおよそ二割の人だけです。

日本人の食生活は、戦後大きく変化しました。食の西欧化は止まることを知らず、肉や卵の消費量はかつての一〇倍と報告されています。

日本の食品の半分以上は、海外から輸入しています。それにも関わらず、なんとその三分の一以上が捨てられているのです。

世界中を見回しても、このような国はどこにもありません。

結婚式、パーティー、レセプションなどの食べ残しは目にあまります。もったいない話ですが、食中毒を避けるためなどの理由で、「お持ち帰り」が許されません。

スーパーやコンビニの賞味期限切れ食品は、一部分は家畜の餌として再利用されていますが、ほとんどはゴミとなります。

そんなわけですから、食料の廃棄率では日本はなんと、世界一の消費大国アメリカを上回っているのです。

このように国家として品性を欠いてしまった国に、美しい未来はあるのでしょうか？　もし世界中が大飢饉に見舞われたら、日本はいったいどうするのでしょうか？

日本はとても素晴らしい国ですが、この問題は見過ごせません。

戦後の急激な復興は「自分の国さえ良ければ」という一国利己主義を生んでしまったかのようです。

日本の食料自給率は四〇パーセント以下と推定され、これはあの北朝鮮よりも低いといわれています。工業先進国の中ではダントツの最下位です。この国はとっても危ない状態にあるのです。

食料をこれほどまでに他国に頼るのは、国として正しいあり方とは思われません。

自分たちの食い扶持ぐらいは自分たちで作りましょう。

地球規模の異常気象が続く中、金さえあればどこかの国から食料は買えるという根拠のない思い込みを早く捨てましょう。

食料自給率が一二〇パーセントを超える農業大国フランスを目標にしてみたらどうでしょうか。

日本の国土は狭いものの、かなりの休耕地があります。それらを豊かな農地として復興し、栄養価の高い食材を生み出す工夫ができるはずです。

いつまでも輸入に頼りきっているのでは、この国の行く末は心もとないものです。

本当の「日本列島改造」は、インフラだけではありません。本気になって「自給自足」を目指したら、新しい国の形が自然と見えてくるはずです。

地球全体に未曾有（みぞう）の食料難がやってくる前に、日本が農業を基盤とした「正しい」国づくりを進めることは「地球史」にとって必ず意味があることです。

なぜなら、人類が食料難に陥っているときは、ほかの生き物たちも間違いなく食べ物で苦しんでいるからです。

小食になって健康になろう

次に日本人の食生活の見直しについて触れたいと思います。

日本人の病気は大きく分けるとガン系統と血管系統に分けられます。どちらも食生活と密接に関係していますが、明らかに日本人は食べ過ぎです。

人間のあらゆる生命活動の中で、食べ物の消化がいちばんエネルギーを消費するということは、よく知られています。

健康体を維持するためには、消化にかかる負担を軽くすることが、いちばん大切です。つまり少食の勧めです。

日本の国家予算の四分の一にも及ぶ医療費の削減は、少食によってもたらされるマイナス経済効果をはるかに上回るでしょう。

食べ過ぎは、老化のスピードを上げます。

アンチエイジングとばかり、やたらとサプリメントや過激な運動に走りがちですが、もっとも効果的なのは食事の量を減らすことです。

第一章

豊かさって、なんだ？

日本では昔から「腹八分目、医者いらず」ということわざまであります。今ではその道の権威は、もはや八分目でも多過ぎて、六分目を目指すべきだと言っています。

健康に良さそうということで、断食が密かにブームとなっています。空気中のプラーナという物質を取り入れていれば、一生食べなくても大丈夫という説もあります。

二〇一五年、俳優の榎木孝明が三〇日間「不食」に挑戦して話題を呼びましたが、医療関係者たちは口々に「危険な行為である」を繰り返し、なんら建設的な議論に発展しなかったことは残念です。

私自身「不食」を一〇〇パーセント支持するわけではありませんが、同時に頭から否定する根拠を持ち合わせていません。

「こういうことをする人」＝「スピリチュアル系」＝「変な人」という認識が日本にあるように思えてなりません。

たしかにスピリチュアルに目覚めると、心と体を整えたくて自然と食事に気を配るようになります。

心と体がつながっているのは当たり前のことですが、それを声高に唱えると、なぜか危ないスピリチュアル系のレッテルを貼られます。

マスコミによるとらえ方も決してフェアといえず、いつまでたってもスピリチュアルは一部の気持ちの悪い人たちの隠れ蓑（みの）のように扱われています。世の中にはスピリチュアルでない存在など何一つないというのに。

食料難は、自給自足とスピにお任せ

日本でスピリチュアル系というと、圧倒的に女性優位です。その手のセミナーや講演会の参加者の大多数は女性です。

「スピ系食事」も女性の独壇場です。ヴェジタリアンは言うに及ばす、にわかに脚光を浴び始めたマクロビオティック（穀物、野菜、海草中心の食事）や、ヴィーガン（ヴェジタリアンのうち肉、魚のほか卵やチーズなど動物性由来のものもいっさい摂（と）らない人々）の実践者も女性が主流です。

それらは「身土不二（しんどふじ）」という日本の伝統的な優れた考え方と共通しています。

「体（身）」と「環境（土）」は「バラバラではない（不二）」という意味で、健康にはその土地の旬のものを食べることが大切だということです。

これは日本古来の考え方でもある「地産地消」「一物全体」という考え方にも通じていて、自然の摂理です。

これからは、体に入れるものに注意を払うと同時に、いろいろな人の手にかかって目の前に供された食事には、一〇〇パーセントの敬意と感謝の念を表しましょう。

食べるという行為は、すべからく命をいただくということです。心して「いただきます」を唱えましょう。

そうすれば食事がより美味しくいただけるし、栄養もよく行き渡ります。

「給食費不払い」が横行する一方で、「給食費を払っているのだから子どもたちに『いただきます』を強要するのはやめてほしい」と学校に抗議をする母親が現れました。

窮した学校は、食事の合図にベルを鳴らしたそうです。パブロフの犬ではあるまいし、このような愚行がまことしやかに行われたことに背筋が凍ります。

それに比べ、最近ブームのお母さんによる手作りお弁当の素晴らしさはどうでしょう。ほのぼのとしますね。

なんと言っても、この世の中でいちばん偉いのは、誰かのために食事を作る人です。

最後に、世の女性方に恋愛の鉄則を一つ。

男性のハートをつかむには、まず彼の胃袋をわしづかみにすることです。そのためにも、料理に「魂」を吹き込んでください。

意外かもしれませんが、これでほとんどの男を落とせます。しかも、料理をしている女性の姿ほど、男をムラムラさせるものはないのです。

突然後ろから抱きしめられることを夢見ているアナタ。今からでも遅くありません。実行あるのみです！

そして、心のこもった手料理を、お腹も心も飢えている可哀想な男どもに食べさせてやってください。

食卓から平和を！

第二章

生きるって、なんだ!?

「私たちの地球」とか言うけど、それって驕ってない？

なぜここにクマゼミが⁉　刻々と変わる生態系

私は生まれも育ちも東京の中目黒です。二〇年ぐらい前まではあまり脚光を浴びる街ではありませんでしたが、このところちょっとしたフィーバーが起こっています。我がマンションは目黒川のほぼほとりにありますが、かつて「どぶ川」と呼ばれたこの川の近年の変貌には目を見張るものがあります。地元民にとっては「いつの間に！」という感が強いのですが、今や目黒川といえば全国屈指の桜の名所として知られるようになりました。この二〜三年では関東の桜の人気名所一位に躍り出ています。

昔は汚い川の代表で、台風シーズンともなるとしょっちゅう氾濫を繰り返す「暴れ川」でもありました。それが、水の浄化技術が功を奏し、今では水鳥がたくさん住めるほど状況が良くなっています。

私はほぼ毎日、目黒川を愛犬と一緒に散歩します。散歩は四季の移ろいを敏感に感じられるとても良い生活習慣です。なんといっても桜の季節がいちばんですが、真夏のセミ時雨も捨て難いものがあります。

ところがここ最近、セミの様子が少しおかしいのです。

日本国の歴史が始まって以来、クマゼミの北限は静岡県浜松市と決まっていました。それがこの二〇年ほどで、かなり北上してきたのです。

七〜八年前に小田原付近をドライブ中にクマゼミの声を聞きました。「ヤツらはここまで来やがったか」というのが、偽らざる心境でした。

そして五年前、我が目黒区の会報に「区内でクマゼミの声を聞きました」という投書を発見したときは、「とうとうここまで押し寄せてきたか！」と複雑な思いに駆られました。

その年には、ついに東北は松島でクマゼミを見たという人まで現れました。関東圏におけるセミの勢力図が完全に変わってしまったようです。

これはセミに限ったことではありません。そしてこの仕業はすべて、「地球の温暖化」が原因と思われます。

学者の間ではさまざまな議論がなされていますが、もはや日本が地球温暖化によるとてつもない影響を被っていることは、動かし難い事実のようです。

天気予報でよく聞く「観測史上最大の大雨」という言葉に代表されるように、日本は今まで経験したことのない異常気象に直面しています。一時間に一〇〇ミリという、とんでもない雨量が平気で報告されたりします。

風もそうです。風速六〇メートル毎秒などという風は、これまで聞いたことがありません。石原裕次郎の映画『嵐を呼ぶ男』でも四〇メートルどまりでした。

この問題に関しては、世界中でいろいろアプローチが試みられていますが、今のところ、どれも功を奏してはいないと言わざるを得ません。

温室効果ガス対策などあっても、各国の国益が優先し、国際公約がなかなか実行されません。結局、自分の国がいちばんかわいいのですね。

国に任せておけないとなると、我ら国民の出番です！　と言いたいところですが、残念ながら環境問題を自分自身の問題としてとらえる人はとても少ないのです。当然かもしれませんが、人は自分の問題がいちばん優先順位が高く、それから家族・友人、地域、国と続き、地球はやっぱり最後なのです。

ＳＮＳの投稿などに「かけがえのない地球」とか「美しい星、地球」とかいう言い回しを目にします。意識の中に「私たちの地球」という驕（おご）り高ぶった思いがあるのではないでしょうか。

正しくは「地球の私たち」です。人類はこの星のほんの一部に過ぎないのですから。

地球の大掃除は、自分の大掃除

スピリチュアルの世界では、過去二～三年で宇宙の流れが大きくシフトしたと信じられています。

時代は「うお座」から「みずがめ座」に移行しているのです。スピリチュアルが大嫌いな人には、単なる寝言に聞こえるでしょう。

人類の過去二〇〇〇年は「うお座」のエネルギーに支配されていました。それは「エゴイズム」「物質至上主義」「競争の原理」「男性的」に代表されます。

このエネルギーによって、人類は比類のない進化を遂げてきたのです。

対する「みずがめ座」は「統合」「エゴからエヴァ」「精神的価値観」「女性的」という特徴があります。

「みずがめ座の時代」は、物質的な制限を超え、進化していく時代です。

決して楽な時代ではありません。むしろ人類にとってはいばらの道が続き、その結果、本物だけが残ります。一人ひとりが覚悟をもって人生を選び、自分らしく生き、その責任は自分でとるという時代です。

そのような時代を生きるためにも、自分の中の大掃除が必要となります。本当に輝く自分になることを阻(はば)んでいる思考や、感情のゴミを取り除くのです。

実はこの意識の転換が、地球規模の環境問題に注がれ始めているのです。

なぜ突然「断捨離」という言葉が出現したのか？　しかもそれが世界的なブームになっている事実を見逃してはいけません。

環境問題は、最終的には個人の問題です。

そのために、まず「エコは愉しい」ということに目覚めることです。

よく早朝ボランティアの人々が嬉々としてゴミ拾いをしている姿を見かけます。それを見ながら道行く人の反応はまちまちです。「ご苦労様」と声をかける人から「一銭にもならないのに、なんでこんなことやるのか意味がわかんな〜い」という人まで。

共通点は、どちらも結局やらない人たちです。

でも、最近のＴＶコマーシャルにもあります。「楽しいことをやる人間とやらない人間。どうせならやっちゃおうよ！」。そう、キーワードは「愉しむ」です。

ゴミ拾いを、どこまで愉しめるか

ゴミに関しては面白い体験があります。

一九九九年に西アフリカ、セネガルの首都ダカールで経済フォーラムに参加したときのことです。

会場兼宿泊先のホテルは美しいビーチつきで、当地では最高級のものでした。そのビーチは、世界遺産に登録されたゴレ島が望めることで有名です。

ゴレ島はかつて奴隷貿易の拠点として栄え、人類の負の遺産として、奴隷収容所が島内に残っています。

私はまだ薄暗い早朝、ビーチに出て日の出を待ちました。空がほのかに明るくなると、沖合わずか三キロメートル先に浮かぶゴレ島がくっきりと見え始めました。

遠い異国に売られていった奴隷たちの怒りや悲しみに想いを馳(は)せながら、私はしばしたたずんでいましたが、そのうち、あちこちにかなりのゴミが落ちていることに気づきました。

「う〜ん、残念!」

一瞬、それで終わってしまったのですが、朝食までは一時間以上もありました。

「じゃあ、ゴミ拾いでもしてみるか」

といっても袋も何も持っていなかったので、ゴミを一か所に集めることにしました。

生きるって、なんだ？

せいぜい数十メートルほどの範囲を「担当」するつもりで。

しばらくすると、ホテルの従業員がやってきました。

「何をしているのか？」

そう尋ねるので、「見ての通りゴミ拾いだ」と応えると、「目的は何だ？」と聞きました。

素晴らしい英語です。ちなみにセネガルの公用語はフランス語です。

「ちょっとビーチをきれいにしたいだけだ」

そう言うと、不思議そうな顔をして、「ふ〜ん」とどこかへ消えていきました。

数分後、大きな麻袋を手にしてやってきました。

「これが役立つか？」

「それは助かる」

私がそう言うと、彼はニヤニヤしながら、またいなくなりました。

「なんだバカやろう、手伝うんじゃないのか！」と暴言を一発。

気を取り直してゴミ拾いを続けていると、なんとなく愉しくなってくるのがわかります。いつの間にか口笛なんか吹いています。

ふと気がつくと、数人のギャラリーが怪訝な顔をして私を見つめています。フランス語で話しかけてくるので、何を言っているのかわかりません。

業を煮やした一人が、今度はたどたどしい英語で問いかけてきました。

「おまえは中国人か韓国人か？」

ええ～！　日本人はここではそんなに影が薄いのか！

「俺は日本人だ！」

「おお～、日本人か！　SONYやTOYOTAはこっちでも有名だ」

「そう、その日本だ！」とちょっと溜飲を下げる。

「で、日本人はそうやってゴミ拾いをするのが習慣なのか？」

私はなんと答えるべきかちょっと迷いましたが、こう言い放ちました。

「こんなにきれいなビーチにゴミが落ちていたら、日本人なら誰でもゴミ拾いをする！」

なんでそんなに語気を強めているのか、自分でも不思議でした。

「おお～、素晴らしい！」

やや小バカにしたような拍手がわきました。

「君たちも明日からやってみたらどうだ、愉しいぞ！」

私がそう言うと、みんな肩をすぼめてニヤニヤするだけです。

結局、この一時間足らずのゴミ拾いが、セネガル滞在でのいちばんの思い出となりました。

残念ながら、この出来事はちょっと愉しかったというだけで「ゴミ問題」に関して大きな気づきとはなりませんでした。

「自分事」として考えられるかどうか

さて、そこでわが地元の目黒川でのことです。

桜の季節ともなると、大勢の見物客が目黒川に押し寄せます。残念ながら、すべての人がお行儀よくルールを守るわけではありません。ご想像の通り、翌朝のゴミの量は、はんぱではありません。愛犬の散歩中に無残な状況を見ると、大人気なくもブチ切れそうになります。

セネガルでのひまつぶし目的でやったごみ拾いとは、まったく意味合いが異なります。

そうです！「他人」が引き起こしたゴミ問題が「私」の問題として入れ替わったからです。

セネガルのゴミ拾いは、まだ他人事でしたが、いつも散歩をしている道の、この目の前のゴミの山をどうするかは、まさに自分事なわけです。

そうなると、私には選択の余地がないことに気づきます。

私自身の手で、そのゴミたちを回収すればいいだけの話です。

大急ぎでマンションのゴミ集積場にある大きなビニール袋とゴミ取りバサミを持って行動開始しました。

さすがに最初は、「こんなところにペットボトルなんて捨てやがって」とか「食べ残しするぐらいなら買うな」などという呪いの気分が先行し「これをやっている俺はエラい！」みたいな思い上がりがありました。たぶんいい顔で作業していなかったでしょう。

ところがしばらくすると、植え込みに空き缶などを見つけると、嬉しくなってくるから不思議です。

「おお〜、よくここに落ちていてくれた！　サンキュウ！」なんてね。変態の域に突入です。

勝手に決めた「担当地域」が、ゴミ一つない聖域に変わっていく爽快感がたまりません。

もちろんこの愉しみを知ってしまったのは、私だけではありません。

近所の「同好の士」が、私の「テリトリー」を侵害するのです。それも大挙して。遅れをとると、もう拾うべきゴミがありません。「くそ〜、ゴミがない！　誰かもっと捨ててくれ！」なんて、とんでもないことを口走ったりして。

このような生活習慣が日本中に定着したら、それこそ精神衛生と街の美化運動の一石二鳥です。

住民も大統領もゴミ拾い！　アフリカ一平和になった国

アフリカのちょうど真ん中あたりに、ルワンダという小国があります。一九九四年に民族グループ抗争の末に、大量虐殺があった国として知られています。

ルワンダは四国の一・四倍ほどの小さな内陸国です。そこに約一一三〇万人が住んでいて、なんと人口密度は日本を上回ります。コーヒーが主な産品の農業国ですが、残念ながら現在も世界の最貧国のひとつです。

しかし、この国の安定した姿は、ほかのアフリカ諸国を圧倒しています。ほかの国ではちょっと考えづらいのですが、ルワンダでは深夜に外出ができます。これはすごいことです。いかにこの国が安全であるかということですから。

ほかのアフリカ諸国ではそうはいきません。

お隣のケニアを例にしてみましょう。観光客として訪れたら宿泊先のホテルで「日没後の外出はぜったいにひかえるように」というお触れに出会うはずです。

わずか二〇年ほど前に、人口の一割を失うという壮絶な悲劇に見舞われた国ルワンダに、いったい何が起こったのでしょうか?

現政権の優れた指導力によるところは大きいと思われますが、中でも「ゴミ拾い」による街の美化運動を定着させたことは、クリーンヒットでした。

ルワンダには、月一回最終土曜日に「ウムガンダ」という日があります。この日は住民も大統領も総出で街の掃除など奉仕活動をします。

その日は仕事をしてはいけないので、お店はほぼ全店休業です。

かつて犯罪で悪名高かったニューヨークが、市長の声がけで落書きを消す運動を始めたとたん、犯罪発生率が下がったことがあります。

街がきれいになると治安が良くなることは、科学的にも証明されています。

ルワンダでも、穏やかで心優しい人ばかりが目につきます。

私が最後にルワンダを訪れたのは二〇〇八年でしたが、道路にチリ一つ落ちていないのです！


これは、何を物語っているのでしょう。

それは個人の「得益」が、国の「得益」として国中の人々に理解され、ゴミ拾いを通じて、強固な「絆」ができ上がった、ということです。

その結果、安定した安全と秩序が保たれるようになったのです。

これこそ本物の同朋意識です。かつて二つの民族グループが血みどろの争いをしたことが信じられません。
まさにOne for All, All for One.
「一人はみんなのために、みんなは一人のために」の世界です。

環境問題を考えたら、世界も自分も平和になる

世界中のあらゆる環境問題は、結局、個人の「行動」の積み重ねでしか解決の道はありません。


国が一つの肉体とすれば、それを形成する一つひとつの細胞が目覚め、活性化しない限り、根本的な健康体は手に入らないのと同じです。

最近のベストセラーに、「世の中で起きていることは、すべて自分に原因がある」という主旨の本があります。スピリチュアル系の極みのような内容ですが、このアプローチ（私はこれも生活習慣と呼びたい）は、とても素晴らしい！　超マゾ的に聞こえますが、これを宣言してしまえば、人生はとてもシンプルで怖いものなしです。

世界の環境問題は、すべて自分が引き起こしていると考えれば、自分で責任をとる

しかありませんね。

人生を本当に愉しむためには「観客」でいることより、「プレーヤー」に徹することです。傍観者はつまらないのです。

一つのゴミを拾うたびに、心身に巣食っているゴミを一つ捨てたような気分になったらしめたものです。

これこそ、本当のスピリチュアル世界と現実世界を結ぶ「正負の法則」かもしれません。

神様がいるのはトイレだけではないはずです。

街のゴミ拾いがクセになったら、金運は良くなるし健康にはなるし、いいことづくめです。

そして何よりも、人間関係は間違いなく改善されるでしょう。なぜって、ゴミをポイ捨てするような人だって許せる心になるのですから……。

人口爆発！
増やすのではなく、
年齢の質をあげていこう

これ以上、人口を増やす必要がありますか？

二〇一一年一〇月、世界人口が七〇億人を超えました。六〇億人に達したのが一九九九年のことでしたから、わずか一二年の間に一〇億人の増加があったことになります。

世界全体で、ものすごい勢いで人口が増加しているのです。このままのペースが続

くと、今世紀末を待たずして一〇〇億人を超すでしょう。

現在七三億人のうち、六〇億人近くがいわゆる途上国・新興国と呼ばれる国々に住んでいます。

これらの国々の人口増加率は、先進国のそれと比べてはるかに高いのです。

今後、先進国の人口増は頭打ちとなる中、ほかの国の人口はますます増え続けると予想されます。

今日でさえ、人口と食糧のバランスが欠けていて、アフリカでは飢餓で苦しむ人々がたくさんいます。この先、人類は人口爆発にどのように向き合っていくのでしょうか。

一方、この三〇年ほどの日本の少子高齢化はますます加速して、これからの数年で、日本は三人に一人が六五歳以上という超高齢化社会に突入します。しばらくは人口減少が続き、それとともに国の経済力はさらに弱くなり、若者たちが抱える負担は、とてつもなく大きくなることが予想されます。

この状況下において、日本政府は躍起となり少子化傾向に歯止めをかける努力を続けています。ほとんどパニック状態です。

私はこの様子にとても違和感を持っています。たしかに今後一〇〇年ほどは大変苦しい時代が続きます。国力が落ちることは間違いありません。

誤解を恐れずに言えば、もうそろそろ日本は経済で世界のてっぺんを取ることを断念し、列強国の称号を返上してはどうでしょう。市井（しせい）の一角で地味だけれども国民が平和で豊かに暮らせる国づくりを目指してはどうかと思うのです。

もはや人口増加は経済成長の手段とはなり得ません。「貧乏人の子だくさん」という言葉もあります。

この国は終戦直後の焼野原から見事に復活し、世界有数の工業立国にまで上りつめました。先人たちの血の滲（にじ）むような努力のおかげで、地球上で有数の幸せな国になりました。もう十分です。よくやりました！

この辺で、右肩上がりの経済成長を続けなければ……という始末の悪い宗教からの解脱が必要ではないでしょうか。

これからは豊かさを求める時代ではなく、豊かさを深める時代なのです。

言うまでもなく、現在の日本は、経済成長においては、だいぶ辛い状況にあることは否めません。

あまり真面目に取り上げられませんが、私はその原因の多くは、日本が抱えている一億二〇〇〇万強の人口にあると考えています。

短絡的ではありますが、国土の七〇パーセントが山岳地帯のこの小さな島国にとって、一億人以上の人口を維持するのは荷が重過ぎると思えるのです。

欧米諸国に比べると、一人当たりの居住空間はあまりにも狭過ぎます。このような住宅事情では、心穏やかに暮らすことはなかなか難しいのではないでしょうか。子どもを育てる環境にも関わってきます。

もしニッポンを人口八〇〇〇万人にしたら……

ここで思いきって言いましょう！

日本の人口を八〇〇〇万人ぐらいにすることを、国是(こくぜ)としてみたらどうでしょうか？

八〇〇〇万人というと、現在の人口の三分の二ですが、それでも多くの西欧諸国の人口密度と変わりません。

「人口が減るなんて悲しいこと」

「日本が小さい国になるなんて、いやだ！」

そういう意見も聞こえてきそうですが、人口が減ることが悲しいことというのは変です。

私は何も一気に人口を減らせと言っているのではありません。時間をかけて、徐々に減っていくのは自然なことです。無理に現状維持にしがみついたり、しゃにむに今以上の人口を望む必要はない、と言っているわけです。

これから一二〇年も経てば、今生きている人類のほぼ全員が〝地下〟に眠っているはずです。**人類史始まって以来の人口自然減を、日本は経験しているだけのことです。**

まさに選ばれた国です。美しい地球の未来をかけて、この国が人類の先陣を切って、手本を見せるときがきたのです。

国としては、大変な事態ではありますが、「人口一人当たり」という考えに立てば、一人ひとりの豊かさは、それほど現在と変わることはないでしょう。

それどころか、「幸福度（感）」はむしろ増えるはずです。

なぜなら、人口が減れば、住環境が改善されます。

その昔、日本の集合住宅を欧米人に「ウサギ小屋」などと揶揄された時代がありました。日本のように限られた国土に、増加し続ける人を収納するためには、そうするしかなかったのです。

それが今では高層ビルとなり、セレブの住居のように様変わりしました。

しかし、日本は地震国ですから、そろそろ高層ビルのような垂直展開の建物から、昔ながらの平屋建てのような水平展開に方向転換をすべきです。

高層ビル化が解消されることで、コミュニティの復活につながるはずです。

コミュニティの復活は、育児環境にも良い影響を及ぼすことになるでしょう。

人口が減ればコミュニケーションも復活する！

ちょっと面白いエピソードを思い出しました。

私のような団塊の世代にとって、銭湯はとても重要なコミュニティでした。

昭和三〇年代中頃、わが家近くの銭湯「鶴の湯」での一場面です。

「おお～い、ばあさん、早くしろ！　俺はもう出るぞ！」

頑固そうなおじいさんは、壁越しに男湯から女湯にいる彼の奥さんに呼びかけました。

「お父さん、ちょっと待ってくださいよ。女はいろいろ時間がかかるんですから」

「なにを〜！　てやんでぇ、てめえまだオンナのつもりでいやがるのか？」

多分、おじいさんは男連中のウケを狙ったのでしょうが、スベリを超えて完全に地雷を踏んでしまいました。湯場全体が凍てつきました。

私とて子ども心に「バカなことを言うジジイだな」と思いました。何やら女湯がザワついています。

次の瞬間、とんでもないことが起きました。女湯側からいっせい放水が始まったのです。

大量の水が男湯めがけて降り注ぎました。女性たちの怒号も聞こえてきます。

「この死にぞこないのジジイめ！」

「くそオヤジが！」

桶などの〝凶器〟が飛んでこなかったのは幸いでした。

ことの次第を察した銭湯のおかみさんが、血相を変えて番台を駆け下り、男湯のガ

ラス戸を思いきりガラリ。そして、じいさんに向け一喝！
「この老いぼれオヤジ！　一人じゃなんにもできないくせに、なんてこと言いやがるんだ！　冗談じゃないよ！　二度とこの風呂屋にくるな！」
おじいさんのばつが悪そうな姿を、私は今でも鮮明に思い出します。テレビドラマ『時間ですよ』（ＴＢＳ）の名場面を彷彿とさせてくれます。
カムバック！　森光子のようなおかみさん！

真のワンネスを日本から始めよう

事例としてはあまり適切ではありませんが、このようなコミュニティレベルの出来事が、最近は極端に少なくなってしまいました。当時の子どもたちは、銭湯で大人たちからいろいろと教わったものです。

私は現在、一二階建てのマンションに住んでいますが、残念ながら同じマンションの住人をほとんど知りません。エレベーターに乗り合わせたときに挨拶をかわす程度の、薄っぺらなつき合いしかありません。

かつてのように回覧板が回ってくることもなく寂しい限りです。これでは災害時などはどうなることかと思いやられます。

コミュニティの復活は、他人への思いやりあふれる国の復活に、ぜったいに必要です。

これからは人の「数」よりも人間関係の「質」が求められる時代なのです。

現在、日本の約三分の一の家庭（世帯数）が一人暮らしです。これは世界に類を見ません。

物はそこらじゅうにある。だけど、つながり（コミュニケーション）はない、というのが日本の現実です。

田舎は過疎化が進み、都会は隣の人の顔が見えない。家庭、社会のコミュニティがなくなり話をする人もいない。結果、うつ病や自殺、孤独死が増えてしまう……。

こんな寂しい社会をコミュニティの力で一掃しましょう。

二〇一一年の「三・一一」以後、この国のキーワードのひとつは「絆」です。

今や日本ほど、真のワンネスの見本を見せられる国は、ほかにありません。ワンネスが起こす奇跡を世界が待っているのです。

そのキーワードとなるのが「人口八〇〇〇万人」だと私は思っています。

「歳相応」⁉ そんなものクソくらえ！

人口が八〇〇〇万人になろうが、一億二〇〇〇万人であろうが、いつの時代でも、「どう幸せに生きるか」は必要不可欠な命題です。

そこで気になるのが「年齢の罠」です。

この国では、テレビ、雑誌、新聞などの報道で誰かの名前が出ると、必ずといっていいほど、その後に年齢が続きます。

年齢ってそんなに重要な情報なのですかね。年齢にまつわる観念もよく理解できません。

日本には独特の「歳相応」という考え方があります。

「私は二五歳だからもうオバサンよ」（二〇代）

「三八歳で独身は寂しい！ 早く結婚しないと手遅れになるかも」（三〇代）

「もう結婚なんて考えられない！　一人で生きてゆくと決めたから」（四〇代）
「閉経を迎えて、これでオンナも卒業ね」（五〇代）
「この歳で色恋沙汰はみっともないわ」（六〇代）
「楽しみは孫の子守りだけヨ」（七〇代）
「もう老骨に鞭を打つ気力もないわ」（八〇代）
「早くお迎えが来てほしいのに」（九〇代）
……などなど。まあ一〇〇歳を元気に超えたら、どんな言い訳もＯＫとしましょう。
人は「できない」「やらない」ことに対して、いろいろな言い訳を用意します。その中でも「私はもう歳！」という言い訳は最悪です。それを言ったとたんにすべてが終わってしまいます。
「歳相応、クソくらえ！」くらいの気構えでいきましょう！

「今、ここ」の人生は、「～ing」から

今、日本は空前の閉塞状態にあります。この元気のなさは世界的にも際立っていま

す。

なんとか少しでも元気を取り戻すためには、人口を増やすことよりも、まず日本人一人ひとりがちょっとずつ「元気レベル」を上げることのほうが大切なのではないでしょうか。

そのためには、年齢に関わる過剰な意識は大いなる妨げです。年齢は単に記号と考えたらどうでしょう。

一説によると、人間の脳は二〇〇年ほど持つらしいのです。だとすると脳の本格的な活動は六〇～七〇歳くらいに始まるはずです。

それを周りが寄ってたかって「おじいちゃん」「おばあちゃん」扱いするから、反射的に歳をとらされ、急速な老化に突入するのです。

ほとんどの成長ホルモンは二つの刺激で分泌されます。

それは「夢」を持つことと、「恋」をすることです。

ドーパミンやエンドルフィンは「ワクワク、ドキドキ」を促す魔法のホルモンです。

それならば、つべこべ言わずに恋をしましょう！　お相手は誰でも構いません。結婚相手がいる場合は、恥ずかしがらずに、プロポーズ・アゲインを実行しましょう。

恋をしている間は、痴ほう症も近寄り難いのではないでしょうか。

片思い、大いに結構！　元気にフラれましょう。病気にストーカーされる前に、異性を追いかけ回しましょう。ちょっと危険な発言ですが、色ボケ老人のほうが徘徊老人より、世の中にとってはよっぽど始末がいいのです。

おそらく、恋をしているときがいちばん「今、ここ」を生きている実感を味わえるのではないでしょうか。

どんどん現在進行形（〜ing）で恋をしましょう！　〝〜ing〟はそこに愛があるのです。

どこにあるかって？

あたまにあるでしょう。ｉ（愛）の文字が！

このｉ（愛）がなくなると、どうなるか？

ＮＧ（No Good）になってしまうのです。

どうだ！　ジャンジャン！

健康

どんな状況でも生き延びる！肉体的エネルギーをトップに保つことがカギ

健康はカンタンに手に入れられる⁉

私は今年六六歳となりましたが、何より有り難いのは今のところ病気と無縁ということです。

日本は世界一の長寿国とはいえ、六五歳以上の高齢者の健康状態についてみると、半数近くがここ数日、何らかの病気の自覚症状があると答えるそうです。そして、六五歳までに一割強の人があちらの世界に行ってしまいます。

私はもともと体が丈夫というわけではありません。遺伝子的には強い体を引き継いでいません。母親は四〇代まで年間二〇〇日ぐらい寝込むほど病弱でしたし、父親も体の大きさのわりには若い頃に胸を病んだりして、決して頑丈ではありませんでした。そのような血筋でしたので、私は若い頃から健康には人一倍気をつけています。強い体を作ることは二〇代前半までの最優先課題でした。

●皮膚を強くする!

まず初めに皮膚を強くする工夫をしました。

家の中では極端な薄着に徹しました。上半身裸を日常化し、就寝時は素っ裸の生活をほぼ一〇年間続けました。この生活習慣がどのように健康増進に役立ったのか医学的根拠はありませんが、少なくとも、風邪を引きにくい体質になったこと、子どもの頃から悩まされていた小児ぜんそくや寒冷蕁麻疹(じんましん)が収まったことは、特筆できると思います。

今でも寝るときはノーパンで、ユルユルパジャマを着ています。

●"指歯磨き"で歯をカンペキにケアする！

次に手がけたのは、消化器官を鍛えることでした。消化器官の中で、唯一直接手入れのできる歯と肛門のケアに励みました。

今では私の生活は、歯磨きなしには語れません。カバンの中にはいつも歯磨きセットが入っています。朝はもちろんのこと、昼食後はそこが役所だろうが、ホテルだろうが、セミナー会場だろうが、レストランだろうが、必ず歯を磨きます。たまにトイレで変な眼で見られることはありますが、気にしてはいられません。

果たして人はいつから老化が始まるのでしょうか？　人は男女を問わず、己の口臭を気にしなくなったときから老化がスタートするのですよ。

ここで私が実践している最高の歯磨き法を紹介しましょう。

歯磨きがなかば趣味の域に達したおかげで、私は数々の歯ブラシを試してきました。**その結果、もっとも使い勝手のよい歯ブラシは、何を隠そう私自身の人差し指と中指である、という結論にたどり着きました。**

私は過去三〇年ほど、毎日一〇分間の指による歯磨きを欠かしていません。正確には、歯茎マッサージです。

時々、お湯に浸かりながら三〇分もマッサージを続けることもあります。歯の位置や形状によって、左右の指を替えたり、角度を工夫したりして、しっかりと歯茎をマッサージします。爪で歯茎を傷つけないように、上手く指の腹を立てたり寝かせたりして、余すところなく磨きます。

歯茎は大変デリケートで、その日の体調を反映します。どこをマッサージしても気持ちがいいときは、体も万全です。何か問題があるときは、どことなく違和感があったり、痛みを感じたり、血が混じったりすることがあります。

私は機会があるたびに、この〝指歯磨き〟をたくさんの人にすすめてきました。それにも関わらず、ほとんど誰一人としてこの素敵な習慣を取り入れた形跡がありません。大変残念に思っています。

指を口に入れることに抵抗があるのでしょうか。歯周病対策には抜群の効果を示すはずなのですが……。

二年ほど前に発売されたある歯ブラシは、指で歯茎をマッサージする感覚の歯磨き効果を訴えていました。だったら指を使えばいいじゃないか！

つい先日、ほぼ三〇年ぶりに地元の歯医者さんのお世話になりました。歯のクリーニングをお願いしたのですが、そのベテラン歯科医は私の口中をのぞきながら「還暦を過ぎてこのメンテナンスは素晴らしい！　歯医者として感激ものです」と、わが歯茎を激賞してくれました。まさに実績に裏づけされた習慣なのです。

もし読者の中でこれを習慣化していただければ、拙著に費やした一四〇〇円は、完全にもとがとれます。

もっともこの習慣が拡がれば、全国の歯医者さんは患者を大幅に失うこととなるでしょう。歯医者による指歯磨き指導はまだまだ当分なさそうですから、今のうちに先取りしましょう。とにかく気持ちいいですよ！

●肛門もきれいにする！

消化の始まりが口ならば、終わりは肛門です。**快便は健康のバロメーターです。**最近は寒天やヨーグルトを常食として「腸活」に励んでいます。

口の中同様、お尻の穴も常に清潔にしておくことは、健康を維持する上でとても大切です。

私は起床直後に必ず排便をするので、朝、シャワーで念入りに洗うことにしています。ちょっと前までは、ウォシュレットのような洒落たものがありませんでしたから、トイレとシャワーはワンセットでした。

最近では公共のトイレでもウォシュレットが普及してくれて大変助かっています。

肉体的エネルギーを常にトップに保つ

トイレで思い出すのは、インドはニューデリーの公衆便所でのすさまじい光景です。公衆便所はその国の事情をよく表しますから、海外に出ると、私はそれをチェックするために、必ず用を足すことにしています。私の中の〝変態〟がうずくのです。ニューデリーでたまたま入った公衆便所は、「ボチャン式」の便器に見事にウ◯コのてんこ盛りでした。

私の足の長さと足腰の強さでは所定のスクワットポジションがとれません。謹んで

スルーさせていただきました。最後に用を足した人は、間違いなくヨガの達人です。

実はこの〝ニューデリー物語〟が、私の途上国デビューでした。

一九八一年秋、当時勤めていた通産省（現経産省）の外郭団体の仕事で、インドの開発コンサルタント業界の実態を単独で調査しました。

私は初の途上国に浮かれたのか、若気のいたりも手伝って、今思えばずいぶんと無茶な日程と行動でした。

泊まったホテルもいい加減でしたが、私がもっとも反省すべきことは「蚊の対策」を誤ったことです。

その罰は帰国後一〇日経って当たりました。

早朝から猛烈な悪寒があり、熱を測ると四〇度オーバーでした。節々の痛みははんぱではありません。近くの町医者が駆けつけてくれましたが、頭をひねるだけで、結局、悪性の風邪をこじらせたという診断に落ち着きました。

ブドウ糖の注射を打たれ、風邪薬もたんまりともらいました。

そのときは、私もインド出張と因果関係があるとは思いませんでした。

その後、三日連続して四一度の高熱が続きました。それまで経験したことのない頭痛と全身の虚脱感、さすがに意識も朦朧（もうろう）としていました。

一週間後、ようやくほぼ平熱となり、意識も正常に戻ったので、念のために総合病院で検査を受けると、結果はまったく異常なし。問診の末、インド滞在中に拾った「デング熱」か「三日マラリア」だったのではないかとの見立てが有力となりました。

これが私の生涯でもっとも重い病です。

この洗礼は、のちの私の人生にとって大変貴重な経験となり、もしかすると大きなターニングポイントだったのかもしれません。

残念ながら、あの高熱のおかげで相当量の脳細胞が破壊されてしまいました。脳みそが溶けていく〜、という実感がありましたから。

その結果、左脳的資質が失われ、頭がだいぶ悪くなってしまいました。私の文章があっちへ行ったりこっちへ行ったりして、途中で脈絡がなくなるのはそのためかもしれません。

頭脳労働者としてのキャリアは絶望的となりましたが、その代わりに直感やひらめきが、一気に開花しました。おそらくスピリチュアル世界の入り口に無理やり引きずり込まれたのでしょう。

この直感力がその後三〇年にわたる国際協力専門家としてのキャリアを支えてくれることになろうとは、そのときは知る由もありません。

人生に意味のないことなどぜったいに起こらないものです。あの高熱なしには現在の私は存在していませんから。

この苦い経験を糧に、私は健康管理にいっそう熱心になりました。

私の生活の基本は、いかに肉体的エネルギーレベルを常にトップに保つかです。

健康体を維持するためには、いろいろな方法が考えられますが、なんといっても「愉しくユルユル」と生きることが、いちばんではないでしょうか。

「日本のサラリーマンがそんな悠長なことを」と、お叱りを受けてしまいそうですが、「人生はお気楽がいちばん！」。

間違いなく、それが体のためにはベストですよ。

健康を失ってまでやらなければならないことは、何もない

一般に日本人は病気に関しては厳しく、多少の熱ぐらいでは会社を休みませんね。会社も社員の体調など顧みず、無理な残業をさせることはざらのようです。欧米では聞いたことがない「過労死」が年間何件も報告され、裁判沙汰にもなっているのですから……。

企業の「業績至上主義」は、日本人の健康寿命を間違いなく縮めています。さる一流商社の男性社員の平均寿命は、なんと六〇歳だと聞いたことがあります。まさかと思いますが、信頼できる筋からの情報でもあり、今の日本の様子を見ていると、さもありなんです。

統計によれば、日本人の九三パーセントが還暦を迎えることができますから、それに比べると、この会社の平均寿命は異様に低過ぎます。

日本人が働き過ぎなことは明らかです。それでも「忙しい」という日本人の口グセは、当分収まりそうもありません。

そんなに必死になって頑張らないと生きていけない国の、どこが誇るべき先進国なのでしょうか？

私がＵＮＩＤＯ本部に採用された直後、風邪を押して出勤したことがあります。廊下で咳き込む私を目ざとく見つけたドイツ人の上司が、私を諭しました。

「コーイチ、日本人は体調不良にも関わらず、仕事を休まないということは私も知っています。しかし、国連はプロの集団です。体調管理を怠った責任は大いに感じてくださいい。それだからといって、戦力にならない状態でここにいることはチームとしてははなはだ迷惑なことです。あなたにはこれから大いに働いていただくことになるでしょう。みんなが期待しています。今すぐ帰宅して、体を休めるように。完治するまで戻ってきてはいけません。これは部長命令です」

こんなことを優しい眼差しで言われたら、そりゃあこの上司のためにも働こうという気にもなります。

これが成熟した組織のあり方だと思うのですが、日本人の根性論や会社への忠誠心、休むことへの罪悪感は、相当根強いようです。

それらを全否定するつもりはないのですが、ちょっと辛い生き方ではあります。

マラリアやらエイズやら！　途上国の過酷な健康管理

優れた国連職員は時差ボケとは無縁です。行く先々で時差ボケを感じていたら仕事になりません。

飛行場到着から現場直行はよくあります。アマチュアはよく「今は眠いはずだ、日本時間で真夜中だから」というようなことを平気で言いますが、それではお話になりません。

プロは機内に乗り込むやいなや、腕時計を現地時間に改め、飛行中に体内時計を到着地に合わせます。その上で寝るタイミングを図るのです。国連職員は、いつでもどこでも寝られなくては務まりません。

当然ながら、その道のプロが現地で病気になったらシャレになりません。ですから国連職員にとって海外出張での健康管理はとても大切です。

私が担当していた地域は主にアフリカです。中には気候の厳しい国もあり、出張中は体力の温存が必要となります。ですから、私は時間が許す限りホテルに戻り、仮眠をとっていました。ニューデリーの経験に学び、食事や衛生面で間違いのないホテルを選ぶようにしました。

途上国の衛生・保健事情は厳しいものがありますから、国連では出発前には必ず医務局で出張の心得を聞かされます。

ＵＮＩＤＯ本部着任半年後に、ザンビア行きが決まりました。目的はマラリア対策として、現地に「蚊取り線香工場設立」のための調査を行うことです。

日本のＳ化学社から派遣された三名の社員とともに行動することになりました。

規定通り医務局に出向くと、ベテラン医師からこう告げられました。

「あなたがこれから行くザンビアは、衛生面ではとても危険なところです。予防注射は四種類ほど打っていただきます。マラリアの薬もちゃんと飲むように。それからここに薬や包帯が入った医療キットがあります。この中に使い捨て注射器が五本入っています。万が一のときは、この注射器を信用できそうな医者に手渡しなさい。それまでは気を失ってはいけませんせん。ぜったいにですよ！」

そう言って軽くウィンク。

これがまったくのジョークでないことを、二日後に知る羽目となりました。

マラリア対策の調査ですから、現地の医療機関訪問は欠かせません。最初はＷＨＯ（国連世界保健機構）現地事務所でした。ザンビアのマラリア情報を網羅していることを期待しての訪問でした。もちろんアポは取ってありました。

ところが、事務所代表の応対は意外なほど冷たかったのです。

「マラリアだ!?　今それどころではないことはよくご存知のはずでしょう。マラリアはこちらではちょっと風邪をこじらせた程度のものですよ。蚊取り線香などにつき合っているヒマはありません」

と、けんもほろろの扱いでした。

一九九二年のことです。当時、統計上はアフリカ諸国におけるナンバーワンキラーはマラリアでした。

実は現在も人類最悪の殺人鬼は蚊なのです。

世界中の戦死者よりも、マラリアによる死亡者のほうが多いという事実は、あまり知られていません。

他方、ＡＩＤＳ／ＨＩＶの蔓延はすさまじく、たまたま滞在中に公表されたアフリカのＡＩＤＳ統計によれば、ザンビアの一四〜六〇歳の就労人口の二三パーセントがＡＩＤＳ／ＨＩＶに感染しているという、にわかには信じ難い事態を知ることになりました。

なるほど、街のいたるところにＡＩＤＳ防止キャンペーンのポスターが貼られています。

次に訪れた熱帯感染症研究所には、日本から派遣された専門医がいました。

「よくおいでくださいました。とにかく何事もなくお帰りいただければ、ミッションは半分以上成功したのも同然です。泥棒やスリはさておき、交通事故だけは、くれぐれも起こさないようお願いします。運転手にもスピードを上げないよう伝えてください。万が一にも事故に遭われたら、運が良ければ南アフリカの病院にヘリで運び込まれますが、こちらで輸血が必要となれば、あきらめていただくしかありません。それほど事態は深刻です」

やはりマラリアどころではないみたいです。この様子では「蚊取り線香工場設立」

が宙に浮いてしまいそうです。

その夜、ホテルで見たローカル番組には驚かせられました。

それは公開討論番組でした。ＡＩＤＳ／ＨＩＶ感染者の社会的人権をいかに守るべきかというテーマで、男女三名の感染者がゲスト出演していました。

やはり、当時ザンビアでもこの病気に対する偏見や差別は強かったようです。

私は日本の状況とからみ合わせ、興味深く観ていました。番組終了間際に、女性司会者が中年男性感染者に向かって質問しました。

「あなたのセックスライフはどうなっているの？」

男性患者には、モザイクなどかかっていません。

「ああ〜、いたって健全なものさ。ほぼ毎日だね。ちゃんとコンドームも使っているし。相手が望むなら二つ重ねてもいいぜ」

ここで場内はどっと沸きました。そしてスタンディングオベーション！

万雷の拍手の中、司会者がまるで真矢みきのように「偏見なんかに負けないで！あなた方のこれからに幸あれ！」と叫び、番組は終了。

善意に満ち満ちた番組ではありました。でも、今この国がいちばん必要としているのは、この番組ではないだろう！

いったい俺はこの国に何をしに来たのだろうかと、複雑な気分に陥りました。


ＡＩＤＳを始めとする感染症は、急速なグローバル化と相まって、世界の疫病地図を塗り替え始めています。

二〇一四年は、西アフリカでエボラ出血熱が勃発し、多数の犠牲者を出しました。世界的に蔓延しなかったのは不幸中の幸いでした。それでもその終息宣言が出るまでに、一年以上を要しました。

日本では最近、デング熱で国中が大騒ぎとなりました。地球規模の気候変動は、厄介なウィルスや病原菌の移動に拍車をかけています。

これからは、かつての「黒死病」のようなパンデミックがいつ起きてもおかしくありません。それほどにウイルスや細菌の世界は進化しています。

予防のコツは呼吸から

自分の命は自分で守らなくてはなりません。これからはますます病原菌が強力になり、一度病気にかかると厄介なことになります。

そうならないためにも、何よりも予防が大切です。

病気にならないための最善の備えは、体の免疫力や、自然治癒力を高めておくことです。

最近ではいろいろと研究が進み、サプリメントが山のように売られていますが、あまりにも選択肢が多過ぎて、なかなか判断がつきません。

私もこの二～三年でお茶、酵素、水素、ジュースなどを含め、一〇数種類の健康食品のお誘いを受けています。おそらく、続けることができれば、よほどの粗悪品でもない限り、何を選んでも効果はあるはずです。

とは言うものの、サプリはお金も結構かかるし、毎日続けるのがこれまた難しいのです。

「RIZAP（ライザップ）」がTVでビフォー・アフターの効果的なコマーシャルを打っていますが、あれは厳しいルーティンをへこたれずに続けられた人だけにご褒美が待っているというメッセージです。

あれだけの成果は、ジムで一人黙々と頑張ってもなかなか出せません。

「結果にコミット」した鬼コーチがマンツーマンで二か月間、みっちりクライアントにつき合い、研究し尽くされたメニューを繰り返すから、あのような劇的な変化を起こせるのです。ヘタレ人間には、とてもハードルの高いプログラムです。

ここでは、それほど根性も根気も必要としない、単純ですがとっておきの健康法をご紹介いたします。もちろんお金はまったくかかりません。

私が四〇歳を過ぎた頃、今をときめくカリスマ自己啓発系コーチと出会いました。

彼はあらゆる書物やワークの中で、呼吸の大切さを力説していました。

「呼吸の質は、人生の質である」

そう言っていました。

私はその頃、スピリチュアルの世界に目覚めたり、ヨガに興味を持ち始めたりで、自然と呼吸に意識が向くようになっていました。

その結果、丹田呼吸や腹式呼吸と呼ばれる呼吸法を日課として取り入れるようになりました。以来、二五年間、呼吸を意識しています。私の健康レベルが劇的に上がったのは、呼吸のおかげです。

呼吸は、誰でも無意識にしているので、逆に意識を向けるのは難しいのです。意識して呼吸をするようになったら、しめたものです。


人が不安や心配事を抱えるとき、必ず呼吸が浅く速くなります。また、あらゆる否定的な感情に支配されたときにも、〝不適切〟な呼吸が主役となります。

このような呼吸が習慣化すると、健康のために良いことは起こりません。

不適切な呼吸の中でも「ため息」は最悪です。


真剣にやると知恵が出る。

中途半端にやると愚痴が出る。

いい加減にやると言い訳が出る。

やる気がないとため息が出る。

そんな言葉もあります。

健康レベルを上げるためには、その逆の呼吸を習慣にすることです。**つまり、深く、ゆっくりとした呼吸をクセにすることです**。

このクセが三か月続けられたら、間違いなくエネルギーレベルに変化が出てくるはずです。

「死の質（QOD）」を上げるためにも、健康は不可欠

日本は国民の三人に一人が還暦オーバーという現実があります。世界一の長寿国ですが、「健康寿命」という観点からは深刻な状況です。

認知症やアルツハイマー病などの理由で、一人で生きていくことができない寝たきりのお年寄りがたくさんいます。

日本人の平均寿命は男女とも世界一、二を誇っていますが、なんと「寝たきり期

間」もダントツの世界一です。

ほかの先進国の平均は七〜八年程度である一方で、日本では男性が九・二年、女性は一二・七年にも達しているのです。

「死の質（QOD）」（Quality of Death）という言葉をご存知でしょうか？

いかに満足した死を迎えられるか、という基準です。日本の「死の質」は、先進四〇か国中一四位という微妙なポジションです。

この基準はよく知りませんが、国際的に日本の医療・介護はそれほど評価されていません。

病に倒れたら即病院送りとなり、点滴を何本も刺され続けた挙げ句に死を迎えるのは辛いことです。

医者の近藤誠先生が書いた『医者に殺されない47の心得』（アスコム）というミリオンセラーが現れたのも偶然ではありません。

もはや、医者や病院に命を預ける時代は終わりました。自らの命は自らが守るというのが、これからの基本ルールです。

数か月前に何を食べたかで、今日の自分がある

健康の源は、なんといっても食事です。実際、私たちの体は食べたもので決まりますから、口にするものはゆめゆめ疎(おろそ)かにしてはいけません。

体は期間限定の偉大な宇宙に例えられます。

この宇宙は約四〇兆個の細胞から成り立っています。右の耳たぶに住まうミトコンドリアは、左足のかかとを住処(すみか)とするリポゾームに永久に出会うことはありませんが、それぞれにたしかな役割があるのです。

それ故に、その宇宙のエネルギー源となる食べ物を軽んじてはいけません。**間違っても、単に空腹を満たすだけの食事は避けたいものです**。

目の前に現れた食べ物には、どれもとてつもない意味があります。偶然の出会いなんかではありません。

私はカミさんと二人暮らしをしています。最近は肉をなるべく減らし、野菜中心の食事を心がけていますので、サラダはほぼ毎食ごと登場します。

サラダボールに入った色とりどりの野菜を取り分けるとき、私は心してサーブします。

ひと固まりだった野菜たちが、なんの因果かカミさんと私の皿に別れ別れに……。カミさんの皿に載った野菜はカミさんの宇宙に、私の分は私の宇宙に……。

「ようこそここへ～、クックク ック♪ わたしのサラダちゃん」なんてね。

こいつはめんどくさいやっちゃなぁ～、と思われるかもしれませんね。でも、こんなことにでもワクワクできるって愉しいと思いませんか?

この究極の出会いに感謝していただきます。食事に向かって「ありがとう」という一声で、味さえ変わります。

私は子どもの頃、美味しそうに食事をしていないというだけの理由で、親父にこっぴどく叱られたことがあります。危うく伝統の〝ちゃぶ台返し〟に発展しそうなときすらありました。

わが家では、食事に注文や文句をつけることはあり得ません。好き嫌いなど言語道断です。どんなものでも〝美味しそうに食べる〟というのが鉄則でした。

ですから、おかげで今まで食べられないものに出会ったことがありません。

唯一、途中でギブアップしたのは、かつてケニアで振る舞われたヤギの血を固めた腸詰です。強烈な獣臭と血特有の鉄分味にはさすがにたじたじとなり、二つ目は丁寧にお断りしました。

スピリチュアル健康法

近年、国連機関（ＷＨＯ）が健康とスピリチュアルには、たしかな因果関係があると認めました。

そこで最後に私のスピリチュアル的な生活習慣に触れたいと思います。

まず、体とは常に対話をすることが肝心です。

暴飲暴食で内臓が悲鳴を上げていないか。心臓が心地よく鼓動を続けてくれているかどうかなど、常に労い（ねぎら）の言葉をかけましょう。

心臓は人の一生の間に二三億回も鼓動するという説があります。決してないがしろにしてはなりません。

朝シャワーを浴びながら、前日に溜まった老廃物をすべて洗い流します。**体の隅々にある白い澱(おり)状のものが一気に足もとに降りてきて、最後は足裏から流れ出る様子をイメージします。**

体が透明になったところで、頭の先から新鮮な黄金色のエネルギーが頭、顔、のど、胸、お腹、太もも、ひざ、すね、足と順番に充満してゆくイメージをつくります。深呼吸をしながらやれば完璧です。これでゴールデンボディの完成です。

最後にこの状態をロックするために、ひざから下と、ひじから先を冷水でシャワーします。これは湯冷め防止にも効果があります。

ゴールデンボディを意識し、背筋を伸ばす。あごを上げ、頬(ほほ)二ミリアップを心がけ、会社に行きましょう！ これでもう怖いものなしです。

これだけで、チャンピオンです。ロッキーのテーマ曲がもう聴こえてきます。

簡単なことですから、つべこべ言わずやってみることです。くれぐれも頑張らずに、愉しんでやってみてください。

心の覚悟と体の覚悟をもつ

今後数年間は激動の年となりそうです。巨大地震がいつ来るか知れません。日中戦争勃発だって、まったくの絵空事ではなくなってきました。

もう腹をくくって生きるしかありません。覚悟をすることです。

このような時代で最後に頼りになるものは、健康と体力です。

心の覚悟とともに体の覚悟を求められています。

健康に関しても発想の転換が必要です。

老人に席を譲ろうかどうしようかなどと、気持ちを煩わす必要はありません。同じお金を払っているのだから、エスカレーターを使おう、あるいは席に座らなければ損だ、などという考えがあるのなら、即刻改めることです。

通勤途中の駅ではエスカレーターを使わずに階段を利用する。電車やバスの中では座らずに立っていると決めて、日々の体力づくりを習慣にしてしまうことです。

私は特に運命論者ではありませんが、寿命の長さには生まれながらのシナリオがあり、書き換えることができないと思っています。ですから、せめて死ぬ直前まで元気でいたいと願っています。

子どもを持たない私は、唯一の頼みはカミさんだけですので、なんとかカミさんより少し早く逝(い)きたいものです。

年老いてから社会のお荷物とならないよう、ＰＰＫ（ピンピンコロリ）を目指しています。

最近、足しげくジムに通っているのは、これらの理由からです。

ほかの人が酒盛りや残業で忙しくしている間に、筋トレやストレッチに励んで上手に死のうとしているのは、ちょっとお洒落かな、と勝手に悦に入っています。極めつけの気障(きざ)ですね。

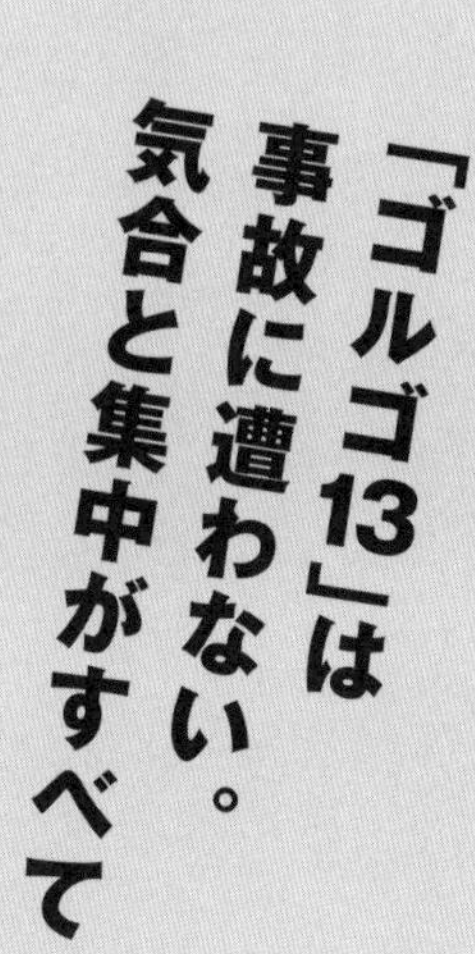

命を落としかけてわかったこと

私は仕事で飛行機に乗る機会がたくさんありました。飛行機はもっとも安全な乗り物とされていますが、何しろ金属の塊が宙に浮くわけですから、素人的に考えると危険度は最高レベルです。

私は飛行機に乗るときには、必ず〝儀式〟をします。搭乗するとき、機体をタッピングしながら「頼むよ」と心でつぶやくのです。

これはわが親父を真似たものです。外出時、玄関先で家族にかける言葉は「行ってきます」でも「それじゃあ」でもなく、「頼むよ」でした。あとをお任せするという意味では、とても便利な言葉です。


私はこれまで「死ぬかもしれない」という体験に何度か遭いました。中でもいちばん怖かったのは、十数年前のこと。乗り合わせた飛行機が墜落しそうになったときのことです。

それは中米グアテマラでの会議に出席するため、キューバからグアテマラに向かうボーイング機に乗っていたときでした。

大西洋上空で乱気流にあおられ急降下し、機体が上下左右に揺れ、棚から酸素マスクが下りてきたときは、もうこれまでかと思いました。

映画などではよく登場するシーンですが、これが現実となると、パニック状態は想像を絶するものがあります。

こういう場合を想定して、私は三〇〇回以上も非常時用デモンストレーションを受

けていました。しかしそうであっても落ち着いてライフジャケットが装着できないのです。

経験したことのない急角度で、飛行機が落下していきます。「遺書を書かなくちゃ」と思うものの、体が動きません。

普段は愛想のよいラテン系の客室乗務員は、震えながら全員十字を切っていました。すぐそばにいたシスター二人もお祈りを始めています。

「これは本当にやばい！」

緊急時のクラウチング姿勢をとりながら、私にできることは祈ることだけでした。でも死を覚悟することはできず「もう何も望まないから、とにかくこの飛行機を無事に着陸させてくれ」というお願いをしばらくの間続けていました。

すると、突然声が聞こえたのです。

「Take a deep breath, and keep breathing!（大きく息をしろ。そして呼吸を続けろ！）」

なぜか英語です。乗客の誰かが叫んだのでしょうか。あるいはしばらくご無沙汰していた例の「声」かも？

その間も機体はがたがたと揺れ動いていて、さらにはミシミシと異様な音さえ聞こえ始めました。墜落より空中分解の恐怖が脳裏をよぎりました。

とにかく私は目をつぶり、一回大きく深呼吸をしてみました。

瞬間的に、脳波が超ベータ波からアルファ波に変わったことがわかりました。少しだけ落ち着きを取り戻した証拠です。

深い呼吸を繰り返しているうちに、この非常時にも関わらず、不思議な状態に陥りました。

「今、ここ」の世界に、私は完全に生きているという感覚です。自然と口角が上がったのがわかりました。

昨日のことも明日のことも、日本の仕事もグアテマラで予定されている会議のことも、何もかもが頭からすっ飛びました。

「俺が長年求めていたのはこの感覚だ！」

涙が自然とあふれ出てきました。大げさに聞こえますが、もし無事に生還したら「今、ここ」だけの世界に生きようと決意した瞬間です。

「俺はこうして生きている。息をしている限り生きている。遺書なんぞくそくらえ。

ざまあみやがれ。この飛行機はぜったいに無事着陸する。人間ばんざーい！」

そんな思考と恐怖で頭の中は支離滅裂ですが、落ち着きはますます取り戻されていきました。

飛行機が無事にランディングしている様子が、はっきりイメージできました。私はなぜか大声で「ありがとぉー！」などと叫んでいました。英語とスペイン語の怒号や悲鳴が飛び交う中で、唯一の日本語です。

不思議なことは起こるものです。

ドーンという音とともにエアポケット降下が終わったとたん、それまでの揺れがうそのように収まったのです。

そして何事もなかったように水平飛行が始まりました。

それでもまだ、乗客に安堵の様子はありません。次に何が起こるのか、みんな固唾を飲んで待っています。

しばらくして、ややスペイン語訛りの英語で機長のアナウンスが始まりました。

「Ladies and Gentlemen. I am terribly sorry about the little turbulence. I hope I did not scare you too much. But now this aircraft is under the perfect control of mine. How about that.（ご搭乗のみなさま、当機はちょっと揺れてしまいましたが、もう大丈夫です。私の完全なコントロール下にあります）」

乗客全員が立ち上がり、拍手喝采しました。

すかさず客室乗務員がマイクを取り「That's enough. Please take a seat.（はい、みなさん、そこまでです。お座りください）」と、涙目ながらもニコニコ顔です。

生死を分けるほどの瞬間、思いもよらぬ形で「生きること」の本質に巡り合うことはよくあります。

臨死体験がその後の人生を大きく変えることはありそうな話です。

事故に遭う人と遭わない人

事故はそもそもなぜ起こるのでしょうか？

人為的なミスやルール違反か、予測不能な出来事（天候など）が主な理由とされています。

それでは、その事故に遭遇する人としない人は、いったい何が違うのでしょうか？

単に運がいい人と、そうでない人で片づけられるのでしょうか？　たまたまその事故現場に居合わせてしまった人。パスポートを忘れたので、その墜落事故を免れた人。どうしても四台目が嫌で五台目のバスに乗って、事故に巻き込まれてしまった人。大勢の犠牲者を出した事故車両でも、かすり傷一つ負わなかった人……。

一つの事故でも、さまざまなプロセスドラマがあります。この違いはどこからくるのでしょう？

私はそこには何か運命的なものがあるような気がしています。またまたスピリチュアルの登場です。

事故は多くの「たまたま」が積み重なった結果起こりますが、自分自身に起きた出来事は、全部シナリオ通りだと思うのです。

つまり、そのように仕組まれていたということです。

事故や事件を事前に知らせるような「前兆」や「勘」が働く人がいるそうですが、私も乗り合わせた電車で「イヤな感じ」を持つことがあります。

そう感じた瞬間、私は下車します。このように車両や席を変えることは度々あります。

そもそも、事故を未然に防ぐためには、それなりの教育が必要です。私の幼少時の交通量は、今とは比べものになりませんが、それでも両親から道路への「飛び出し」はぜったいにしないこと、信号はきちんと守ること、道はボーッとしながら歩かないことなど、事故から身を守る術を教えられました。

これは親としての義務です。子どもがケータイを操作しながら歩くことをやめさせられない親がいるとしたら、それは絶望的です。

「ツキ消しジジイ」にとり憑かれないために

中学一年生の頃、親父に言われたことがあります。

「いいか、世の中にはどこに危険な人間がいるか知れない。歩くときは真剣に歩け。前七分、後ろ三分の警戒を怠るな。電車を待っているとき、おまえの後ろに人を立たせるな」

「俺の後ろに立つな！」とは、まるで『ゴルゴ13』です。現在でも私はプラットホー

ムでは常に最後に乗車するという習慣があります。これは親が責任を持って教えるべきです。

「自分の命は人任せにしない」ということです。

横断歩道で信号が青に変わってもすぐに飛び出さないこと。こんなことはもはや常識です。スピード違反、信号無視、酒気帯び運転のドライバーがいるということを知った上で、道路は横断するべきです。

ルールを守っているにも関わらず事故に巻き込まれるという、とても不幸な事件が多過ぎます。残念ながら、事故が起きてから「私はルールを守っていた」と言っても遅いのです。

事故に巻き込まれないためには、ルール遵守（じゅんしゅ）はもちろんのこと、巻き込まれないための強力なエネルギー体で身を包むこと。よくいう気合です。

気合は集中です。

これをバカにしてはなりません。あらゆる事故、災難抑止に通じます。

「運がいいとか悪いとか、科学的には難しい問題だが、『ツキ消しジジイ』は必ずいる。俺は麻雀のプロだからよくわかる。こいつがくっついたら、なかなか離れない。普段生活しているときもそうだ。どんなときにそいつがやってくるか、よく覚えておけよ。まず元気がなく気分が落ち込んでいるとき。体が弱っているとき。そして苦虫を潰したような顔をしているときだ。だからその逆でいろ。その逆でいたら、ジジイも呆れてとり憑かないわけだ。これがおまえの身を守る最高の極意なんだぜ〜。ワイルドだろ〜」

これは親父の言葉ですが、「親父語録」をひもとくと、「もしかすると、親父、スピ系!?」と思わせるものがたくさんあります。

かつてこの親父に『神との対話』（サンマーク出版）という本を勧めたことがあります。

驚いたことに完読したらしいのですが、曰く「おまえはこの本に書かれていることがわかるのか。俺には一行もわからなかった。こんなに気持ちが悪い世界にはまっている奴の気が知れねえ。おまえ大丈夫か？」と一蹴されました。

子どものときは「おまえはついている。いい星の下に生まれている」と言い続けてくれた親父が、ことスピリチュアルに関しては、まったく取りつく島がないというの

も皮肉なものです。

「お役目」をいただいたという考え方

気合や心構えなど、考えられる限りの防御体制をとっていても、事故は起こってしまいます。

これは私の個人的な意見とお断りしておきますが、もし私、あるいは愛する家族に突然そのような不幸が訪れてしまったら、それは生まれながらのシナリオと割りきることにしています。

魂はあらゆる体験を求めて人に宿ると、私は信じています。

ある著名人の講話にどっと感激したことがあるので、正確さに欠けますが、ここで紹介します。

ある少年が、雨の日にトラックに轢(ひ)かれて亡くなるという痛ましい事故がありました。事故は多くの不運が重なった結果と思われましたが、運転手の前方不注意という判断が下されました。

被害者、加害者双方にとって、終生耐え難い後悔と苦痛がつきまとう忌まわしい出来事です。

少年を弔う日も雨でした。葬儀場の片隅で、事故を起こした運転手とその雇い主が全身ずぶ濡れのまま、土下座をする姿がありました。二人とも号泣していました。

このような場合、被害者としては加害者に葬儀に加わってほしくないという感情はごく自然なものです。顔も見たくないと言っても、誰もとがめることはできません。たとえ加害者に重大な過失がなくとも、遺族のやり場のない怒りや悲しみは抑えようもないことです。

でも、このときは違っていたのです。

最初に少年の祖母が土下座をしている二人に近づき、身を屈めながらこう言いました。

「お二人ともお顔をお上げください。葬儀にお越しいただきありがとうございます。ぜひ焼香をお願いいたします。きっと私の孫はそういう定めを背負ってこの世に生を受けてきたのでしょう。お二人にはとても辛い『お役目』をさせてしまいましたね。

ごめんなさいね。お許しください」

そこに少年の母親が加わって、同じことをおっしゃったのです。

想像を絶する話です。

同じような事故が自分の身内に起きた場合、加害者に対してこれほどまで寛容でいられるでしょうか？

人は死なない

愛する人を失ったあとの喪失感は、他人には計り知れません。幼な子を失ってしまった母親に、慰めの言葉などあるはずがありません。いつまでたっても心の傷が癒えることはないでしょう。

心を鬼にして言いましょう。

残りの生涯、その悲しみや怒りを抱えたまま生きることはとても辛いことです。でもそういう人生にすごく意味があるのかというと、そうでもないと言わざるを得ないのです。

私は昨年最愛の母をガンで失いました。その医療手段を巡っては今でも病院に言いたいことはたくさんあります。

私自身の選択ミスを責めそうになりましたが、多分母は喜ばないと、思いとどまりました。

自他ともに認める泣き虫の私が、こと母の死に際して、涙一滴こぼさなかったのは自分でも不思議です。

でも私にはハッキリとわかったことがあります。


それは、人は死なないということです。


もちろん実際の母に会うことは二度とできませんが、私は毎日のように母の存在を体に感じながら生きています。むしろ母のことを思い出すのは生前よりはるかに今のほうが多いのです。

母は天上から常に私の生き様を見守ってくれています。そして、もしも私が世の中

に役立つことをしようものなら、小躍りしてそばにいる魂たちに「見て見て、あれが私の息子よ！」と自慢して回るでしょう。

本当の親孝行は、親の死後にできるということです。私を「孝一」と命名した親の思いが伝わった気がします。

同じことは、すでに亡くなってしまった身内、友人、先輩、後輩にもいえます。先に逝ってしまった魂が望むことは二つだけです。

ときどき思い出してくれること。そして彼らの存在が、残されたものの生きる活力となることです。

ですから、厳しいようですが死んだ人を思い出しながら、いつまでもめそめそしていてはいけないのです。それではいつまで経ってもこの世を去った人は、真の成仏を遂げられません。

人は思い出してくれる人がいる限り、死ぬことはないのです。

ケニアで見た永遠に生き続ける魂

私はケニアで一度だけ、田舎の伝統的なお葬式に参列したことがあります。

一九八二年九月、中小企業育成の専門家としてケニアの地方都市に派遣された三か月後の出来事でした。

着任先の事務所の男性秘書兼ドライバーの三歳になる愛娘が、交通事故で亡くなってしまったのです。

お葬式は街近郊の小高い丘で行われました。

参列者が二〇人ほどのささやかな式でした。その中の一人が地元に伝わる「弔いの歌」を口ずさむ中、ヒューヒューと、とてもの悲しげな風に送られて、その小さな棺は土中に納められました。

悲しみに暮れているはずの父親が、ハッキリとした口調でこう言いました。

「娘は死んでいません。痛ましい事故のため肉体から離れてしまいましたが、娘の魂は永遠に私の体内で生き続けます」

それは私がまだ魂の存在を思い出すずっと前のことでしたので、この父親の言葉は

よく理解できませんでした。でもなんだか泣けてきました。

「娘が言うんです。『お父さん、悲しまないで。私は自分の寿命をまっとうしたから。お父さん、笑顔でいてね』と」

そうなのです。**これまで人生なかばで死んでしまった人は一人もいないのです。**

私は不覚にも号泣してしまいました。

愛する人やペットとのお別れはいつやってくるかわかりません。**だから生きている間に、とことん愛しきることです。**

親子関係がギクシャクしていると悩んでいるあなた。たった一言「お父さん、お母さん、いろいろあるけれど私を生んでくれてありがとう」と伝えてください。

この一言で、今まであったと思い込んでいた親子の軋轢（あつれき）がすべて解決することを早く知ってください。

いつまでも照れている場合ではありません。明日があると思ってはいけません。

〝手遅れ〟となる日は、突然やってくるものです。

伝えるべきことを、今伝えなかったら、あとで必ず後悔しますよ。

第三章

平和って、なんだ!?

犯罪

犯罪に巻き込まれるのも神の仕業

ニューヨークで警視総監になる!?　犯罪から身を守る方法

私が所属していたＵＮＩＤＯの役割は、発展途上地域の産業を開発することです。したがって、海外出張はもっぱらアフリカ、中南米、アジアが中心でした。

残念ながら、途上国の多くは治安が良くありません。とんでもない紛争地に足を踏み入れることはなかったのですが、二七年間の在職中には何度となく身の危険を感じました。それらを全部つなぎ合わせたら「世界犯罪千夜一夜物語」のような本ができ上がりそうです。

危機管理能力は、国連職員として欠くことのできない資質の一つです。その中で主に海外で仕事をする専門職員は、安全・危機管理に関する数時間を超す試験にパスしないと海外に出られません。

テロを含む犯罪、事故、病気、天災など、ありとあらゆる想定にどう対処するべきか、知識、知恵、判断、勇気が総合的に求められます。

犯罪にまつわる思い出は少なからずありますが、中には笑い話のような方法で危機を脱出したことがあります。

あれは、私がＵＮＩＤＯ東京事務所に正式採用されてから一か月後の一九八五年一〇月末のことでした。

南米エクアドルの首都キトで、ＵＮＩＤＯの投資促進会議が催され、私は東京の代表として参加しました。

成田から南米への直行便はなく、ニューヨーク経由です。ニューヨーク到着は深夜近くになるので、マンハッタンのホテルに一泊し、翌朝キトに向け出発する予定でした。

あいにくニューヨークには土砂降りの天気で迎えられました。一〇月末のニューヨークはすでに寒く、さらに深夜の雨はとても冷たいのです。不運はここから始まりました。

なんとその日はイエローキャブの運転手が統一ストライキを張っていて、ケネディー空港にはタクシーが一台も見当たりません。土地勘のない私は、リムジンバスや地下鉄を利用することは想定していませんでした。

『地球の歩き方』には、予約したホテルまでは、タクシーでせいぜい一〇ドルほどと記されていました。

どうしたものかとしばらくたたずんでいると、小柄なラテン系の男が近寄ってきました。

「旦那、お困りでしょう。車ならありますよ。お安くしておきますから、どうぞ」

白タクです。うさん臭そうなオヤジだったので、普段なら軽くいなすところですが、

平和って、なんだ？

寒さのためか軽い腹痛を感じ始めていました。

「ええい、ままよ！」と値段交渉もそこそこに、私は近くに停まっていた大型セダンに乗り込んでしまったのです。

「旦那はラッキーだ」

満面の笑顔で、その男は私のスーツケースをトランクに閉じ込めました。でもその目が笑っていません。すでに〝値踏み〟をされた気分です。

これほど軽率な行為はありません。国連職員失格です。まあ、この際一〇〇ドルはしょうがないと覚悟したのも束の間、事態は尋常ならざる方向に進みました。

空港の出口付近で、もう一人の男が助手席に乗り込んできたのです。完全に示し合わせた行為です。しかも、その男は絵に描いたような凶悪犯人風。そしてかなりの巨漢！　一三〇キロはありそうです。

「オットットット、これはまずいぞ！」

誰だってそう思います。二人は何やら意味ありげな目配せをすると、助手席の凶悪犯人風の男がおもむろにダッシュボードを開けました。そしてこれ見よがしに半身となり、あたかも私にその中を確認させる様子です。

そこには紛れもなく拳銃が一丁、ライトに照らされていました。三八口径はありそうです。間違いなく弾が込められています。

「いざとなったら、これで旦那を守りますからご安心を」

その凶器を指し示しながら、凶悪犯人風の男がニヤリ。

「オーマイゴッド！」

ニューヨークでは、これは大ピンチです。

身ぐるみはがされるのか、はたまたハドソン川に浮かんでしまうのか。あらゆるマイナスシミュレーションが脳裏を駆け巡りました。

「さて、どうする？」

アメリカは数百ドルの金を巡って、簡単に殺人事件が発生する国です……。

すでに腹痛はピタリと治まっていました。実は腹痛がひどくなったら「おもらし作戦」も選択肢の一つとなり得るのです。命を守るためなら、なんでもやります。

万が一、車の中で拳銃を向けられたら、うめき声を発しながらのたうち回り、ズボンもパンツも脱いで、いきなりウ○チを目一杯お見舞いします。これも〝変形・攻撃は最大の防御なり〟です。きっと敵はビックリして右往左往するでしょう。その間に

ピンチを脱出できるかもしれません。もちろん危機管理マニュアルにはありませんが、こういう奇襲が犯罪を未然に防ぐことはあり得ます。

日本で万が一、凶器を向けられたら、心筋梗塞を装い、うめき声とともにうずくまりましょう。そして絶え絶えに一言「救急車を！」。そこで白眼を剥(む)きます。

ヤクザやチンピラにからまれたら、デタラメな外国語でまくし立てましょう。下手な護身術よりも効果的です。

……こういうことは常に準備していることが大切ですが、いざとなるとできないものです。

さて、ニューヨークの車中です。

まずは気持ちを落ち着けることです。そうです深呼吸です。窮地のときの深呼吸は鉄則です。

何度か繰り返していると、脳波がアルファ波に切り替わり始めました。いい兆候です。

次に我が身が置かれている立場を正確に把握することです。ここは大切です。適切なアクションのためには冷静な状況分析が必要ですから。

（金目のものは現金を含め、腹巻に収めてある。パスポートやチケットなど重要書類は手に持っているアタッシュケースの中。スーツケースはトランクの中。最大の問題は、ダッシュボードの拳銃。素手ではこの二人にはとても敵わない。車は時速八〇㎞で走行しているので、車外に飛び出すのはリスクが大き過ぎる。車は街中に向かって進んではいる。二人はどうやらプロではなさそうだ。相手の出方次第で硬軟自在の対応が求められる……）

とにかく、あの拳銃が使われない状況をどうつくるかがカギです。

私に危害を加えると、彼らにとってヤバイことになるという筋書きを、私は考え始めました。

策士の才能は子どもの頃からしばしば発揮しています。妙案はすぐに思いつきました。果たして効果があるかどうかわかりませんが、試してみる価値はありそうです。

このときの私、必死でした。残してきた妻の顔が浮かびましたから。

私がなすべきことはただ一つ、無傷で日本に帰ることです。もはやエクアドルでの仕事どころではありません。

平和って、なんだ？

男二人は〝カモ〟をどうするか、別の外国語を交えて相談している様子です。スペイン語ではありません。ひょっとしてポルトガル語？　いずれにしても間違いなく悪巧みです。ヤバそうな単語がいくつか聞こえます。

そして身上調査とばかりに質問してきました。

「旦那、ニューヨークは初めてかい？　この街も相変わらず物騒でね。旦那はラッキーだ」

意味深な笑いをしながら続けました。

「つい一昨日も東洋人が一人、頭をぶち抜かれて殺されたんだ。即死だってね。なんでも財布を取られまいと抵抗しやがったそうさ。中身はたったの八〇ドルポッキリさ。バカな野郎だぜ、そいつも」

脅しがだんだんエスカレートしていきます。背筋が凍るのをギリギリ我慢して、私はこううそぶきました。

「ふ～ん、そうかい。この街も相変わらずか。そろそろ俺たちのノウハウが必要のようだな」

「？？？？」

二人、腑に落ちない様子で、聞き返してきました。

「ところで旦那はチャイニーズかい？」

「いや、俺はジャパニーズだ」

「おお〜、ニンジャ！　で旦那はこの物騒な街に、何をしに来たんで？」

はいはい、その質問を待っていました！

大きな咳払いを一つ。まさに反撃ののろしです。

まずは、落ち着き払った様子を演じながら、ゆっくりと後部座席のど真ん中に移動します。そして背筋をピンと張り、両肘を前の背もたれにのせ、彼らに息が吹きかかるほどの距離まで、頭を伸ばしました。

そして、できるだけ低い声でゆっくり言いました。

「ニューヨークは一泊するだけで、明日、エクアドルに旅立つ予定だ」

ここで私は二人を交互に見つめる。視線はぜったいに下げません。

「エクアドルですかい。Habrá Español muy bien?（スペイン語はうまいのかい？）」

「No, un poquito.（ちょっとだけだ）」

「で、エクアドルには、何をしに？」

平和って、なんだ?

ここからは私の独壇場です。すでに天才的な〝詐欺師〟に豹変です。いえ、できれば役者と呼んでいただきたい。

「インターポールの仕事だ」

案の定、敵は動揺を隠しません。

「……インターポールというと、あの国際的な警察組織のことですかい?」

インターポール(Interpol)はInternational Criminal Police Organization(ICPO)、国際刑事警察機構の通称です。

「そう。明日からエクアドルのキトで、三年に一度のICPO総会に参加することになっている」

「……ということは、旦那も警察官かい?」

「もちろんそうだ。東京警視庁(Tokyo Metropolitan Police Department: TMPD)の警視監だ」

警視監というと数年前の大人気ドラマ『踊る捜査線』(フジテレビ)で、柳葉敏郎演じる室井慎次の役どころと同じです。かなりエライ人です。『相棒』(テレビ朝日)の杉下右京の四段階ぐらい上のはずです。

ところが警視監に当たる英語を間違えて「Commissioner（コミッショナー）」と言ってしまったのです。これは日本語では警視総監に近い役職です。そのとき私は弱冠三五歳でした。

そこでビックリしたのがこの二人。

「旦那、とてもそんな歳には見えませんが……」

どうやら小心者のようです。

再び身上調査が始まりました。でも、すでに私は愉しむ余裕さえ出てきました。

肝心なのは、相手をいたずらに刺激しないことです。どんな相手でもその〝立場〟を尊重することは、洋の東西を問わず、コミュニケーションにおける基本です。

この男たちに罪を犯させないためにはどうしたらいいか、こちらも懸命です。

「日本のポリスはみんなブルース・リーみたいにカンフーやカラテが強いのかい？」

願ってもない質問を導き出しました。

「まあ、ほぼ全員護身術や武道はやらされる。でなきゃ仕事にならんだろ。日本にだって凶悪犯はたくさんいる」

この瞬間に、右手拳で左手のひらを思いきりたたく。

第三章

平和って、なんだ？

「パチン！」

小気味いい音が車内に響きました。

これも筋書き通りです。こういう効果音は、文字通り効き目があります。

「だが、俺はもう空手からは身を引いている」

「どうして？」

「聞きたいか？　本当に？」

少しもったいぶる。

「……あれは俺が警視庁に採用された最初の年だったなぁ～」

遠くを見つめる目つきに変わる。いよっ、千両役者！

「全日本空手選手権に東京を代表して出場したんだ。まあ一応黒帯（Black belt）四段だったからね。自慢じゃないが、当時は恐れられる存在だったんだぜ。ところで空手家も俺ぐらいになると、体のある場所を二か所同時にある力で突いただけで、相手が完全にインポになるって知ってるかい？」

二人がゴクリと生唾を飲みました。完全にこちらのペースです。

「事故は準決勝で起きたんだ。相手が回し蹴りをかける寸前に、俺の上段蹴りが決まったのさ。俺の必殺技だ。当時の試合は寸止めが基本だったけど、そのときは勢い余って相手のアゴに俺の右足が炸裂してしまい、アゴ骨が粉々になってしまったんだ。即病院送りさ。全治六か月の重傷だった。彼の顔は、完全にゆがんでしまったよ。気が滅入ったぜ。もちろん決勝戦は辞退し、現役も退き、それ以後一度も試合には出ていないよ。まあ、昔の話だけどな。考えてみろよ、自分の手足が凶器（Lethal weapon）なんだぜ」

おお〜!! このときすでに数年後に大ヒットした映画『リーサル・ウェポン』のタイトルを先取りしていました！ 我ながらしびれます。

「That is all, amigos. Such a boring old story.（それで終わりさ、アミーゴ。つまらない昔話さ）」

ここで大きく両手を広げ、二人の肩を同時に左右の手で、思いっきりもんでやりました。いわゆるボディコンタクトというやつです。

仕上げは上々です。不意を突かれた二人は黙ってうなずくだけです。

これで男たちの戦意が喪失してくれれば御の字なのですが……神様お願い！

さぁエンディングに突入です。

第三章 平和って、なんだ？

「おっといけねえ、もう午前〇時だぜ。ホテルでニューヨーク市警察（NYPD）のお偉方が俺の到着を待っているんだ。署長の名前は、ええとたしか……ロイ・ジェームス。知っているだろ？　ここでは有名人らしいからな。ちょっと急いでくれ。恩にきるぜ、おまえさん方には」

よりによってロイ・ジェームスとは！

私と同世代以上の読者なら、ひょっとして〝元祖変な外国人〟としてご記憶ではないでしょうか？　今ならさしずめデイブ・スペクターのような存在です。

摩天楼に近づくと、緊張感がいっぺんに切れました。ここまでくれば、凶悪事件には発展しないでしょう。

さ～て、あとはいくら要求してくるかです。荷物はまだトランクに人質状態です。まあ、無事にホテルに到着したことと、私の迂闊な行動への戒めとして、二〇〇ドルは我慢しようと決めました。

車は目指すホテルが見え始めたところで、急停車しました。その距離約一五〇メートル。

「旦那、悪いがここで降りてくれないか？　わかるだろう、無許可なんでさあ。だからホテルまではちょっと……。ＮＹＰＤがいるならなおさらだ」

まったくもって低姿勢となったものです。

「いいだろう。俺もこのことは内緒にしておく。だが、受け取りだけはしっかりいただくよ」

「有り難い。旦那、こんなもんでどうでしょう？　目一杯のサービスです」

おずおずと差し出された汚い領収書には、五六ドルという数字が書かれていました。

やった〜！　こいつらいい奴じゃん！

それにしても中途半端な金額です。一応、私は苦虫を噛みつぶしながら、

「おい、相場より結構高いじゃねえか。まあ雨降りだし、ご祝儀で六〇だ」

結局ポケットに入れてあった二〇ドル札三枚で、事足りてしまいました。

最後に「持ってけ泥棒」とでも言いたかったのですが、適当な英語が思いつかなかったので、

「This is my very first time as a cop to be ripped off. You mother fuckers. Adios amigos!（警察官として初めてのぼったくりだ。この〇〇野郎ども。あばよ！）」

私はそう意味不明な捨て台詞を残し、脱兎のごとくホテルへ駆け込みました。

平和って、なんだ？

全身ずぶ濡れで息も絶え絶えの東洋人の到着に、ドアボーイはすかさず、

「Welcome to New York, sir. Did you enjoy your trip?（ようこそニューヨークへ。よい旅でしたか？）」

「Sure I did.」

ああ、早く風呂に入って横になりたい！

世界は銃だらけ！

このエピソードは今から三〇年前の話ですが、アメリカは今もって銃社会が続いています。

アメリカでは銃による犯罪は年間四〇万件発生し、約一万人が命を落としています。これは日本の交通事故死のなんと倍以上に匹敵する数です。

もともと家族の生命や財産を守るはずの拳銃が、結果的に家族を死に追いやってしまうケースが多いのです。間が抜けた話です。

アメリカの警官はすぐぶっ放します。彼らも身を守るのに必死です。

私は幸い、悪漢から銃を突きつけられたことはありませんが、機関銃やライフルを構えた警官や軍人に取り囲まれたことは度々あります。相手が「正義の番人」とわかっていても、飛び道具はやっぱり怖い。ましてやその銃口が向けられたときの恐怖は、想像を絶するものがあります。

一〇年ほど前、アフリカ南部のボツワナを初めて訪れました。ある地方都市の小学校が、日本の協力で太陽電池による電化が実現し、そのお祝いに大統領が駆けつけることになったのです。私も車を飛ばし見学に行きました。

校庭で大勢の人が大統領の到着を待っていると、初めに警護隊が大挙してやって来ました。

その後方から、装甲車が颯爽と二台登場です。お約束通りそこには機関銃があり、銃弾を目一杯込めたベルトを袈裟懸けにしたランボーがいました。目がまるで殺し屋です、表情がありません。大統領を守るためには命も惜しまぬ屈強な心の持ち主でしょう。

所定の位置に装甲車を停めると、群衆への威嚇なのか機関銃をゆっくりと右へ左へ

と動かし始めたのです。その度に私にも何度か銃口が向けられます。

いつでもぶっ放す用意がありそうです。撃たれたら体が木端微塵になるものすごい威力のある代物です。ダーティハリーのマグナムどころではありません！

「どうぞ、このランボーの精神状態が穏やかでありますように」

私はただお祈りするしかありません。

名誉のために申し添えますが、ボツワナはアフリカ域内ではもっとも政治的に安定し、経済も豊かな国です。汚職がいちばん少ない国としても知られているほどです。したがって犯罪発生率は極めて低いのです。

一方、お隣の南アフリカは正反対です。アフリカ最大の経済力を誇ってはいますが、人口の約一〇パーセント弱の白人による富の独占が続き、貧しい黒人層との対立はアパルトヘイト終焉後も変わっていません。

中でも最大の都市ヨハネスブルグは最悪です。その犯罪発生率は際立っていて、中心街にある摩天楼の多くは犯罪者の集団に占拠されているという噂まであります。

かつて地元の同業者に街を案内されたとき、一〇分おきに「常に私から半径二メートル以内にいてください」と言われ続けました。

これ大げさでもなんでもありません。南アフリカには「ヨハネスブルグを日中五〇〇メートル歩くより、猛獣がたくさんいる夜の国立公園を一キロ歩くほうが安全だ」という例え話まであります。


この同業者がその夜、ステーキを食べに行こうと誘ってきました。無下に断るのは失礼だし、あれだけ慎重な地元民が一緒ならば間違いなかろうと私は承諾しました。

ホテルには高級4WDで出迎えてくれました。私が乗り込むと、彼は満面の笑みをたたえながら言いました。

「今夜は最高のステーキハウスにご案内するので楽しみにしていてください。その前にやることだけはしておかないと……」

そしておもむろにダッシュボードを開けると、そこには案の定、拳銃がありました。ニューヨークを思い出します。どうやら銃身が長めのリボルバーのようです。

驚いたことに、彼は慣れた手つきでサイレンサーを装着し始めました。

なぜ消音に？　疑問は湧きましたが、あえて聞きませんでした。彼曰く、夜間外出

時のルーティンワークだそうです。

ステーキハウスまでの道のりは大丈夫なのでしょうか？　次々に浮かぶ私の不安をよそに、彼は能天気に語りかけてきます。

「最近この街もますます物騒になってきました。車の窃盗なんか日常茶飯事です。この車も盗まれないための工夫がいろいろされていますが、まだ不十分です。近々優れものが発売されます」

いったいどんな優れものなのかと聞いてみると、それは不審者が音声警告を無視した場合、火炎放射器が作動するという装置でした。

「少し高いのですが、私も買うつもりです」

真顔でそう言われてもなんと返答してよいものやら……。とほほ、世界にはいろいろ大変なところがあるものです。

テニスの試合を見るよう!?　昼間の銃撃戦

一度だけ真昼の銃撃戦に出くわしたことがあります。それは南米コロンビアの首都ボゴタでの出来事です。

ボゴタは標高二六四〇メートルにあり、山々に囲まれたとても美しい街です。コロンビアは切り花の産地として知られ、日本にもたくさん輸出されています。同時に麻薬の栽培や取引にマフィアが暗躍しているとても危険な国というレッテルも貼られています。

なるほど、日中にも関わらず街の角々に武装した警官が立っています。街の景観が台無しですが、やむを得ないのでしょう。

パンパンパン！

突然、乾いた銃声が私のすぐそばで鳴り響きました。バッキューンではありません。なんと私の前方三〇メートルぐらいのところで、撃ち合いが始まっているのです。

私は思わず車の陰に身を潜めました。

双方二人組がこれまた三〇メートルぐらいの距離で、互いに車を盾にして、手だけを出して発砲しています。あれでは当たらないだろうと素人ながら思いました。

私はテニスの試合を観ているように、頭を左右に振って見ていました。

地元民は慣れっこなのでしょうか、立ったまま見物している人までいます。

平和って、なんだ？

始末の悪いことに、銃撃者たちは四人とも似たような服装で、どちらが「良い人」でどちらが「悪い人」かわかりません。もしかすると両方ともマフィアの一員か何かでいわゆる「ヤクザの出入り」というやつかもしれません。

不思議なことに、あれほどいた警官がなかなかやって来ません。

数分が経ち、ようやく警官隊が登場した頃には双方の戦意が喪失したのか、あっさりと投降。全員連行されていきました。

何が何だかサッパリわかりませんでしたが、死傷者が出なかったことは幸いでした。

私の拙(つたな)い「世界犯罪千夜一夜物語」はまだまだ続けられますが、きりがないのでこの辺にしておきます。

言わずと知れた平和大国ニッポン

この世には、なぜこんなに多くの犯罪があるのでしょうか？　貧困と犯罪の因果関係はありそうですが、それだけでは到底説明しきれない事件がたくさんあります。

殺人や強盗など凶暴な犯罪は、毎日のようにニュースで見かけます。

それら常軌を逸したような事件を一様に「歪んだ社会」によるものだと片づけてしまうことには、私は賛同しかねます。

日本はかつてに比べると、犯罪が増えて危ない国となってしまった印象を持ちますが、統計を正確に読み取ると、まんざらそうとも言えないようです。

例えば殺人事件です。戦後の殺人事件の認知件数と検挙率の推移を見ると、次の通りです。

——認知件数は昭和二九年の三〇八一件がピークで、その後平成元年頃まで、緩やかに減少傾向を示す。さらにその後は、二〇年まで約一二〇〇～一四五〇件とおおむね横ばいの状態が続き、二一年以降はやや件数が減少し、一〇〇〇～一一〇〇件の殺人事件の発生が認知されている——。

一方、検挙率は戦後一貫して高水準で、九〇～九八パーセントの間で推移しています。これは日本の警察の優秀さを物語っています。

二〇一三年に起きた殺人事件は九三九件で、戦後初めて年間一〇〇〇件を下回るという快挙を達成したのです。

あくまでも比較の問題ですが、人口が一億人を優に超えるこの国で、年間一〇〇〇件以下の殺人事件というのは、むしろ少ないと言えるでしょう。

一方で、年間三万人の自死者を出してしまうことは異常です。そういう意味では、犯罪とは違う部分で、日本の闇の部分が色濃く反映しています。

犯罪率だけを見ると、日本は地球上でもっとも安全な国の一つではあるのです。

魂のお役目「一〇万分の一理論」

とは言え、世界中で犯罪は横行しています。個人的な犯罪から組織的なもの、国家的規模でもそうです。

これらをスピリチュアル的に発想してみると、私は魂の役目が大いに関わっていると考えています。

「辛い役目」「悲しい役目」を背負った魂の存在が、実はほとんどの犯罪を引き起こしていると思えるのです。

世界中の凶悪事件やテロ事件にも通じるものがあると思っています。事件の背景を論理的に説明されるよりも、「悪役」を演じる挑戦的な魂の仕業ととらえたほうが、よっぽど腑に落ちるのです。

二〇一五年、日本のジャーナリストがイスラム国によって残酷非道にも殺害されてしまいました。つい最近も、国内の障害者施設において一九人もの命を無慈悲に奪った殺人鬼がいます。

彼らの存在を、その道の専門家がいろいろ説明していましたが、私はどうも納得がいきません。

人を残忍な方法で殺傷するには、よほどの理由が必要です。日本における殺人事件の動機の六割ほどは、憤まん・激情、報復・怨恨、痴情・異性関係トラブルだそうです。

激昂が臨界点を超えたとき、ごく普通の人でも「悪魔」に乗っ取られてしまうということです。

「あんないい人が、こんな凶悪事件を起こすなんて信じられません」というインタビューをよく耳にします。私はそういう報道があるたびに「大変な役目を負った魂」

の仕業と、矛（ほこ）を収めることにしています。

もし魂などという曖昧なもので犯罪を語るのが非科学的だというのなら、次のような解釈はいかがでしょうか。

名づけて「一〇万分の一理論」です。

「九九・九九九パーセントの確率」という表現があります。これはＤＮＡの世界では完全一致とみなし、例えば親子関係が証明されたりします。そういう場面はサスペンスドラマではおなじみです。

つまり九九・九九九パーセントは、通常一〇〇パーセントと判断されます。しかし、厳密には〇・〇〇一パーセントの確率が残っているのです。

一〇万分の一です。

ジャンボ宝くじ一等に当たる確率より、はるかに高い数字です。

日本の人口約一億二〇〇〇万人の〇・〇〇一パーセントは、約一二〇〇人です。

私は単純に、日本国中にはこのぐらいの割合で、凶暴な脳を携えて生を受ける定めを負った人がいると考えるのです。

脳科学では「爬虫類脳（はちゅうるい）」と呼ばれ、飢えや恐怖、怒りや劣情のもとになる部分があるそうです。

「一〇万人に一人の天才」や「一〇万人に一人の難病」に似ています。

「一〇万人に一人の凶暴な脳」ということになりますが、それではあまりにも悲しいので、私はスピリチュアルの名を借りて「チャレンジ精神豊かな魂」があえて「悪役」を演じている、という解釈をしています。

先に紹介したスピリチュアル界のバイブル『神との対話』は魂の存在に言及しています。著者はあのヒットラーでさえも今は天国にいると言ってしまったために、西欧諸国で大バッシングにあいました。

犯罪から身を守る最大の武器は……

犯罪は人類の共通の敵ではありますが、残念ながら世界的には年々発生件数が増加しています。たとえ世界から貧困がなくなったとしても、また別の理由が現れて、テ

ロは永久になくならないでしょう。

さらに世界人口が増え続ける限り、犯罪も増えるでしょう。

残念ながら、社会生活を続ける以上、犯罪から完全に身を守ることはできません。できることには限界があるのです。

でもせめて、一人ひとりが犯罪に遭遇しにくい生活習慣を身につけることは大切です。

それは、姿勢を正して、正しい呼吸をして、笑顔でいること。

笑顔の効用については語り尽くされていますが、ホンモノの笑顔がどれほど災難から身を守ってくれることか、きっと想像以上だと思います。

神様から愛されるためには、いつもニコニコしていることです。それこそが、この世に存在する最高の護身術です。

常にプラスのエネルギーで全身を包み込んでおくこと。これが正真正銘の「備えあれば憂いなし」です。

人間関係

人間関係は、まさに領土問題！バカバカしい解決法をバカバカしいと思うな！

「闘いの歌」と「平和の詩」にこめられた中国と日本の違い

しばらく前の情報番組では、毎日のように竹島や尖閣諸島を巡る反日・抗日運動の様子がテレビに映し出されていました。韓国でも中国でも主要都市では大規模なデモや暴動に発展しました。

戦後生まれの私には、どうしてあそこまで日本に憎悪を持ち続けられるのか、ちょっと不思議な気さえします。

経済や人材交流などでは友好関係を築き上げているのに、あんな小さな無人島の所有権のために韓国や中国と敵対関係になることが、とても理不尽に思えるのです。

もうちょっと穏やかにならないものかと思いますが、どうも事情が違うようです。

例えば中国です。中国の国歌はもともと「義勇軍進行曲」と呼ばれ、その歌詞を直訳すると、次のようになるそうです。

起て！　奴隷となることを望まぬ人びとよ！
我らが血肉で築こう新たな長城を！
中華民族に最大の危機せまる、
一人ひとりが最後の雄叫びをあげるときだ。
起て！　起て！　起て！
我々すべてが心を一つにして、
敵の砲火をついて進め！
敵の砲火をついて進め！

進め！　進め！　進め！

（ウィキペディアより）

どうですか、この勇ましさ！

ここでいう敵とは、もちろん日本のことです。この歌のもとで一致団結するわけですから、それはもう恐ろしい限りではありませんか！

日本に対する敵対心をむき出しにして、何が何でも闘うという姿勢には、〝日本流平和主義〟は通用しないのも当然です。

「敵国日本」に対してなら、暴力すら「愛国無罪」という免罪符で容認されているのですから、たまったものではありません。

戦時下とはいえ、たしかに日本帝国軍は中国を植民地化し、人権を無視した数々の蛮行に中国人が怒るのは当然のことです。

戦後、日本が「加害者」としての歴史を曖昧にしてしまったのは間違いでした。「被害者」としての歴史をぜったいに忘れまいとしている中国人はたくさんいるし、子々孫々までその歴史を風化させまいと、反日教育が脈々と受け継がれています。

でも、中国の子どもたちに「日本は悪いことをした国。今も悪い国」などと言われると、やっぱりガッカリしてしまいます。

そもそも反日教育は中国共産党にとって、とても重要な国家戦略です。中国は大きな国土を持ち、日本と違って多民族国家です。約一四億人を擁する国をまとめるのは容易ではありません。民族紛争を初めとして、常にきな臭い状況が続いています。

これまで何か深刻な国内問題が生じ、政府に対して国民の不満が向けられそうになると、中国政府は決まってその矛先を「共通の敵国」である日本に転じてきます。

その結果、報道統制も手伝って、中国があたかも一つになったように見せかけます。年に一度の「靖国神社参拝」などは、中国政府にとっては国家をまとめるためにももっけの幸いなのです。

ただ、こんなことを繰り返しているようでは、中国はいつまでたっても日本を追い越せないでしょう。政府に先導されて暴動を起こしたり、日の丸を焼いたり、日本企業を襲撃したり、日本車を破壊している間は、日本人は安心していてよいということです。だって成熟していない子どものような所業ですから。

とは言え、日本政府はとにかく「外交下手」です。

今の中国を見ると、日本政府の謝罪がどんな形でも十分でなく、未来永劫「被害者の立場」をとり続けるつもりのようにもうかがえます。そのせいで日本国民はいつまでも七〇年以上も前の〝悪行〟に関して、中国に謝り続けねばならないのです。

最近、日本の国歌「君が代」に新たな解釈・意味が隠されているという説が『きみがよものがたり』（原作・たちばなのりとし、絵画・田口陽子）という絵本で語られています。日本国のDNAともいえる内容ですので紹介します。

き　のせかいというのはね　ひかりのせかいなんだ
たましいのふるさとの　せかいでもあるんだよ
み　のせかいとは　みえてふれることのできる　せかいさ
きみがよ　とはね　き　のせかいの　こころやたましいと
み　のせかいの　からだが　たすけあい
ひとつになったとき　ひらかれる

よろこびとやすらぎの　せかいなんだ
ちよの　ち　とはね
かみさまの　ちえのことだよ
たましいと　からだがととのうと
ちえが　うまれてくるんだよ

先に紹介した中国国歌との違いに愕然としませんか？　「闘いの歌」VS「平和の詩」ですから、まさに水と油です。

私は特に「君が代」擁護派でもなんでもありませんが、この解釈には思わず感動してしまいます。これは完全にスピリチュアルの世界です。

国づくりの根幹として、どちらがあるべき姿かは議論の余地があるかもしれません。でも、人としてどちらの国に属したいかと問われれば、私は迷うことなく日本を選びます。まあ、日本人ですから当然ですけれども。

そもそも国の基本的なあり方が違うわけですから、もはや政治的決着は望めないでしょう。絶望的と知りながらも、日本政府はなんとか政治力でこの問題を解決できないものかと躍起になっているのです。

しかし政治的にこの問題を解決することはできないと、いち早く腹をくくることです。

縄張り争いは、〝変態〟にお任せ！

例えば領土問題は日本と韓国、中国間のみならず、世界中で紛争の原因となっています。

でも、よく考えてみてください。地球誕生は四六億年前といわれ、人類の出現はたったの七〇〇万年前と、ついちょっと前のことです。その人間が、「万物の霊長」を気どって、住む場所をお借りしている地球に、勝手に国境などというものを作って所有化しているに過ぎません。

もちろんどの生物の世界にも縄張り争いはありますが、タイマン勝負か、せいぜい少数のグループ争いで終わります。人間のように全面戦争に突入し、血みどろの殺し合いにまでは発展しません。実におぞましいことです。

領土を巡って争うという行為は、どの国に所属しているかに関わらず、恥ずべき行為なのです。

縄張り争いをして所有権を主張するならば、日本と韓国の国境はすべて海上にあります。ならば先住者であるクジラ、アジ、サバ、イカ、タコたちに、断りを入れてのことなのか？　いささか疑問に思います。

人類の目に余る傍若無人ぶりは、ほかの生物たちにとっては迷惑以外の何ものでもありません。

人類の国境問題なんて、クローズアップで見れば悲劇ですが、ズームアップすればとんでもない喜劇です。否、品位のかけらもない茶番劇です。

地球が属する銀河系には二億以上の惑星があり、宇宙には銀河系に相当するものが二億以上あるそうです。人知を超えた広さです。その中にあって、竹島や尖閣諸島の存在なんて、どうでもいいじゃないですか。

いつだったか、ロシアに隕石が落ちたことがありました。この事件を日本の某局の情報番組が伝えていました。そこでゲストの中国人コメンテーターがこう言ったのです。

「今は小さな島を巡って争っている場合じゃないですよ。いっそのこと、この隕石が尖閣諸島に落ちてくれたら、島ごと沈んで問題解決となるのに」

私は大拍手をしながら「おお〜、言ってくれたよ！」と喜んでいたら二〇分後には、不穏当な発言としてテレビ局が謝罪していました。とんでもない発言だと抗議の電話が押し寄せたのでしょう。

今から三〇年ほど前に大前研一氏が、両国の知恵を働かせてダイナマイトか何かで問題となっている島々を海に沈めてしまえ、と著作の中で吼えていましたが、さすがに先見の明がありますね。

このような発想は常人からは出てきません。

人類の存亡の危機に当たって期待されるのは〝変態気質〟を持ったリーダーの出現です！ かつての坂本龍馬、高杉晋作、勝海舟など、明治維新の立役者たちはみんな変態です。

つまり、その時代の常識などにとらわれることなく、世間とは違う態度、態勢で時代を見つめていたからこそ、「無血革命」を成し遂げられたのです。

領土問題こそ、国民の出番！

さて、このような発想から領土問題に戻りましょう。まったく違う角度からこの問題解決の糸口を模索するのです。

前述したように、政治的な解決はもはや不可能です。ならばどうするか？

そこで、我ら一般国民の出番です！

こういうときは、バカバカしいほどに能天気なアプローチがいちばんです。

例えば竹島です。この際、獨島でも構いません。

いずれ小さな孤島ですので、周りには魚がたくさんいることでしょう。ひょっとするとメジナなどは、うじゃうじゃいるかもしれません。

日本にも韓国にも、釣り好きはたくさんいます。両国の釣り文化は似ていて、磯釣りのスタイルもそっくりです。それならば……。

「日韓磯釣り大会！ in 竹島（もしくは獨島）」

この開催を目指してみてはどうでしょうか。両国で「磯釣り連盟」を結成し、企画するというわけです。

はい、そんなに簡単なことではありません。

正面きって当局に持ち込んでも、間違いなく門前払いを食らいます。

竹島は現在韓国の実行支配下にありますから、日本の誘いには、まず乗ってはこないでしょう。

でも、あきらめてはいけません。そんなことは初めから折り込み済みです。所有権については、この際いったん棚上げにしましょう。

とにかく無邪気に一緒に釣りをしませんか、としつこく繰り返し誘うのです。

この〝無邪気に〟というのが大切です。

何度も何度も何度も、手を替え品を替えて、ときには〝ソウル詣(もう)で〟でもして無邪気に話を持ちかけてみるわけです。

ソウルが駄目なら釜山でもいいでしょう。いきなり竹島が無理ならば、例えば済州島とか対馬で、まずは前哨戦を開催するという手もあります。

とにかく変態気質全開で、竹島で磯釣り大会をやってみましょう！

紛争の地が一転、友好の聖地に生まれ変わる！

詳細は、さしづめ次のような感じです。

日韓両国から腕に覚えのある釣り師が二五人ずつ集結します。日韓ペアが二五チームでき上がります。

例えば、金―鈴木ペア、朴―高橋ペア、張―田中ペアなどです。

磯釣りは、パートナーとの合同作業です。例えばメジナ。この魚はそれこそ三〇センチメートル級がかかったら、信じ難いほどの引きを見せます。しかも竿は細くしなやかで、魚がかかるとほぼ満月のような弧を描きます。

磯場ですので、釣り人と海面までの距離はかなりあります。使用している糸はとても細く、魚を海面から引き抜くことはできないので、通常タモと呼ばれる長い柄のついた網ですくうのです。

つまり、金さんがメジナをかける、それを鈴木さんが慎重にタモ取りして魚を上げるという、絶妙のコンビネーションが求められるのです。

このプロセスを重ねるごとに、二人の間には確実に同胞意識が生まれます。

共同作業で魚が釣れたら、そこには狂喜乱舞の世界が展開すること間違いなしです。

握手はもとより、ハグが始まるでしょう。それがいろんなチームで次から次へと起こったらどうなるか？

この一世一代の大イベントには、世界中からメディアが押しかけてくるでしょうから、その様子は動画も交えて世界中に一斉配信されます。

いがみ合っている国の代表が、たかが魚一匹であたかも旧知の仲のようになれることを、世界中の人にリアルタイムで目撃してもらうのです。

魚を釣ったあとは、それを材料に楽しいバーベキューに突入です。当然お酒が必要です。韓国からはマッコリ、日本からは焼酎を持ち込みましょう。

酒を酌み交わせば、酔うほどに歌が始まります。そう、今度はカラオケ大会に突入です。

韓国隊が「アリラン」で勝負するなら、日本隊は「ソーラン節」で反撃です。夜が白々する頃まで、お互いくたくたになるまで歌い続けます。

平和って、なんだ？

そしてまもなく別れのときが来ます。

別れを惜しみながら、あるいは再会を約束しながら、あちらこちらでハグハグハグハグ!!

名残は尽きませんが、二チームは二手に分かれ、迎えに来た船に乗り込みます。

きっとお互いの視界から消えるまで、参加者全員がかつての「敵船」に向けて、手を振り続けることでしょう。

私にはその情景がはっきりと見えます。読者のみなさんにも見えますよね!?


どうでしょうか、この無邪気で平和な解決法は！　とにかくおバカ全開に能天気にイベントを愉しむことです。

テーマは何でもいいのです。盆踊り大会、おネエコンテスト、ロック大会、ビーチバレー、将棋、手品、料理……。面白そうなイベントは数限りなくあります。

それを二週間ごとに開催したとすると、一年も続けば二五回、一〇年続けば二五〇回です。

そこまでいけば、小さな無人島の所有権なんてどうでもよくなるのではないでしょうか。国連の信託統治下にでも置いてもらいましょうよ。

果たしてこの紛争の原因だった島は、日韓友好の聖地となるはずです。

名づけるとしたら、「イベント島」(Convention Island)ですかね。「宴会島」も悪くありません。発想の大転換です。

これは単にスピリチュアル系の変態的な発想に過ぎませんが、韓国にだってスピリチュアル系はたくさんいるでしょう。「心」や「魂」を中心に考えている人たち同士、国や文化を越えてつながりやすいのではないでしょうか。

領土問題は、常識的なアプローチでは解決しません。ありきたりのことを考えても時間の無駄です。

とにかく、しばらくは霞が関には引っ込んでいていただきましょう。この件に予算をつける覚悟があれば、その限りではありませんが……。

人間関係の問題は、領土問題と同じ

この領土問題は、うまくいかない人間関係に似ています。

「領土問題と人間関係、何が関係するの!?」

そう思う読者もいることでしょう。それが自分事に考えてみると、あながち遠い話ではありません。

真剣に悩めば悩むほど、事態が深刻になってしまうような親子、兄弟、夫婦、友人、恋人、上司部下、友人関係ってありますよね。

その多くは思い込みが原因なのですが、引くに引けないギクシャクした関係をずっと続けているのは、よくある話です。

突然ですが、あなたは今までいったい何人の人と本当の出会いがあったでしょうか？　一〇〇〇人いたら大したものです。

仮に一〇〇〇人と出会ったとしても、地球上の七三億人を対象とすれば、実に七三〇万分の一の確率です。

このような天文学的な確率でしか出会えない人に、意味がないはずがありません。

あなたを主役とした「人生劇場」に駆けつけてくれた有り難い共演者たちなのです。

その中には当然「悪役」や「敵役」を引き受けてくれた天使のような存在がいるはずです。

実は日本にとって、地球上のあらゆる国は天使なのですが、その中でも中国や韓国は大天使と呼ぶべき存在なのです。

血縁関係ではどの国よりも深く、歴史的なつながりを考えれば親子か兄弟の関係です。似た者同士は仲が悪いというのはよくあることです。あなたが死ぬほど嫌いと思っている人をよ～く観察してみてください。あなたといろいろな意味で似ているはずです。

そして、その人こそが、あなたにとって天使中の天使、大天使なんですよ。

「冗談じゃない、あいつは堕天使だ！」って⁉　あなた、パズドラのし過ぎですよ。

その人は今のあなたにとって「都合が悪い人・難がある人」を演じてくれているだけです。

犬猿の仲の原因が何であれ、それはよくよく考えれば誤解、思い違い、思い込みが

ほとんどです。それにつまらぬ意地がからむから事態は一向に改善しないのです。
まさに日中、日韓関係そのものです。

早いところみずがめ座の時代の知恵を発揮しましょうよ。

ほんの少しの勇気を振り絞って、死ぬほど嫌いなあの人をお茶か食事に誘ってみたらいかがでしょうか。そして、心の中で唱えてみましょう。

「私の人生劇場のために悪役を演じてくれてありがとう！」

相手を変えることはできないかもしれませんが、自分の意識を変えることはいつでもできることです。

この感謝の言葉を投げかけた瞬間、その悪役・敵役の顔色が変わることを請け負います。

平和の旗手はジャニーズの
「嵐」!? ゆるゆるリーダー
がちょうどいい

世界平和のカギは、ニッポンが担っている!

最近のテレビのコマーシャルが、ついにあの北野武に「愛は勝つよナ」と言わしめました。ちょっと前の彼なら、「そんなこと照れ臭くて言えるかヨ、バカ野郎〜!芸人がそんなこと言ったら終わっちゃうゼ。冗談じゃないヨ、コマネチ!」だったのではないでしょうか?

平和って、なんだ？

明らかに時代は変わっているのです。

私は以前から、このまま世界中で自国の利益最優先の時代が続けば、遠からず人類は取り返しのつかない事態を迎えると予測しています。

環境悪化や核兵器など、いずれも人類が作り出した「凶器」が複合的にからみ合ったあげく、自らの終焉（しゅうえん）の日を迎えるという結末です。

大変残念なことですが、「競争による成長」を続けることが人類全体のコンセンサスであれば、それはそれでしょうがないことです。

でも人類滅亡は、嘆き悲しむほどの問題ではありません。もう一度原始の時代に戻ってアメーバの世界から始めるだけのことです。ファイルがたまり過ぎて性能が著しく落ちたパソコンのリセットボタンを押すようなものです。

二〇年近く前、私のもとに現れた「声」は、当時の世界人口約六〇億の二パーセント、つまり一億二〇〇〇万人の人間が目覚め、美しい地球を取り戻すために腹をくくって活動すれば、私の危惧は回避できる可能性があると説いてくれました。

一億二〇〇〇万人というのは日本の人口そのものです。

私は素直にそれを信じることにしました。これまでの話と明快に矛盾しますが、これは私の残された人生の指針として、なくてはならない命題なのです。

独りよがりもはなはだしいのですが、人類存亡の危機を回避する可能性を秘めた国は、日本だけだと思っているのです。


日本の姿かたちは、世界の縮図であるといわれています。

たしかに、我が魂の故郷アフリカは、なんとなく九州の地形に似ています。四国はオーストラリア、北海道はアメリカ大陸、本州はユーラシア大陸といった具合です。スピリチュアル系の人々はしきりにその説を繰り返しますが、私にはあまりしっくりきません。

私は選民思想が嫌いですが、人類の窮地を救うために日本が選ばれてしまったことは間違いありません。

その根拠は次の通りです。
・島国であるということ。
・多民族国家ではないこと。
・自然から生まれた穏やかな宗教感に根ざし、八百万（やおよろず）の神様がいること。

平和って、なんだ？

・江戸時代の鎖国、明治維新を経験していること。
・結束力、他人を思いやることに秀でていること。
・人類の中で唯一原子爆弾を経験したこと。
・世界に冠たる平和憲法を持っていること。
・「非核三原則」を基調としていること。
・戦後の焼け野原から短期間で一大工業先進国に躍り出たこと。
・戦後わずか一九年でオリンピックを開催したこと。
・バブル経済と崩壊を経験していること。
・人口が一億を超えていること。
・比類なき技術力があること。
・緑豊かな自然を有すること。
・自然災害とともに生きる宿命を背負っていること。
……などなど。

あらゆる視点から検証しても、人類を救うのは日本であるという結論に達します。

科学的根拠はありませんが、多くの日本人はすでにそれに気づいているはずです。

この国の次元を超えた素晴らしさを、まず素直に認識しほめ称え合いましょう。その上で立ち上がりましょう。

今日本が本当に守るべきものは、自国だけではありません。全人類の未来です！

例えば、北極海の氷が急速に溶け始めています。アフリカは砂漠化が進んでいます。世界のあちこちで未曾有の大水害が起こっています。台風、ハリケーン、竜巻の巨大化は進む一方です。

人類の〝共通の敵〟は、まったく別のところにいるのです。

今こそ日本が再び、戦前戦中とは一八〇度違った意味で心を一つにして人類の難局に雄々しく対峙するときです。

今こそ、その出番が整いました！

地球の大洗濯を日本が始めるときです。そう、一五〇年前に坂本龍馬が示した心意気を、一億二〇〇〇万の日本人が持つときです。

これからの時代のリーダー像は、嵐の大野くん!?

唐突ですが、みなさんはジャニーズの「嵐」というグループはご存知でしょうか。

私は彼らこそが、宇宙が贈ってくれた平和の使者のように思えるのです。

このグループのファンクラブの会員総数は一九〇万人を超え、ギネスにも認定されています。世界中にファンがいるそうです。

どうしてそんなに人気があるのでしょうか？

「嵐」には際立った特徴があります。もちろん五人とも優れたエンターティナーですが、その共通点はしなやかさです。

日本人古来の体の特徴を、十分に活かしています。しかも彼らの歌と踊りは「和」そのものです。

二宮くんと相葉くんは、花に例えるならバラ。前に出ようとする男性的タイプです。

櫻井くんと松本くんは、花に例えるなら菊。控えめにたたずむ女性的タイプです。大野くんはかすみ草。どこにいるかわからないほど、ひっそりとそこにある中性的タイプです。

これほどバランス感覚に長けたグループも珍しいのではないでしょうか。

面白いのは、このいちばん頼りなげに見える大野くんが「嵐」のリーダーを務めていることです。

実は今の時代に、もっともふさわしいリーダーとしての資質を見事に兼ね備えているのが大野くんだと、私は思っているのです。

グループ内で、おそらく意見の相違や対立は当然あるでしょうが、それが五人の成長の糧となり、個人的な確執にいたらないのは、大野くんの存在ゆえのように思うのです。

大野くんの存在とはつまり、和をもって尊しとする精神です。

話は徹底的に聴き、自分を主張しません。なんでも取りあえず受け入れてしまうタイプです。筋を通さず、細かいことはどっちでもいい、というスタイルです。

ちょっと前ならこのようなタイプは、優柔不断で「男らしくない」といわれる代表でしたが、このタイプこそ、世界が待ち望むリーダーなのです。

このようなリーダーは、大野くんだけではありません。一般的には「ゆとり世代」と呼ばれる人たちです。彼らの中にこそ、次代を託すことができるリーダーが必ずいるはずです。

闘わない、争わない「ゆとり世代」にお任せ

長年に及んだゆとり教育は、世紀の愚策だったと考える人がたくさんいますが、果たしてそうでしょうか？

ゆとり教育のせいで、闘争心もない根性なし、元気なし、夢も希望も持たない日本人をつくってしまったといわれていますが、発想を転換してみましょう。

この人たちの多くは、「将来楽してお金が入ればそれでいい」「特に出世を望まない」「その日そのときを楽しく暮らせればそれで十分」と言いきります。

そんな彼らの特徴は、言われたことはきちんとするということです。しかも楽しければ、別に「奴隷生活」でも構わない、という覚悟の持ち主なのです。

さらに、彼らのＤＮＡからは「闘い」「争い」の因子が抜け落ちているのです。

つまり、とにかく優しい精神の持ち主ということです。完全無欠の平和主義者、能天気な集団です。

仮にこの能天気集団のパワーを結集できたとしたら、世界の平和作りに大きく貢献できると私は思います。

かく申す私も少し前までは「こんな日本人が国を亡ぼす」「中国や韓国の若者とは大違いだ」などと言っていましたが、それは間違いでした。彼らこそ、近代日本が産んだ類まれな〝傑作〟です。

問題は、この世代が力を十分に発揮できる環境作りを誰が担うかということです。

今のままでは、ゆとり世代は時代に潰され、フリーターかニート、あるいは社奴として生きるか……。いずれにせよ地獄を見る人がたくさん出てしまいます。

ゆとり世代が〝烏合（うごう）の衆〟とならないよう各世代がそれぞれに知恵を出し合い、最高の舞台を築くことが必要です。

特に期待したいのが、団塊の世代です。

それぞれに培（つちか）った知識、知恵、経験、技術をフルに発揮して、ゆとり世代が世界平

和の秘密兵器となるような筋道をつくってほしいものです。

男性も、どんどん「女性性」に目覚めるとき

ついでにもう一つ、とんでもない提案をします。

日本の未来の舵取りを、すべて女性に託してみてはどうか、ということです。

女性が持っているわが子に対する無償の愛、慈悲の心という点は、男性は足もとにも及びません。したがって、男性よりはるかに非戦闘的です。

私は現職中に途上国をよく旅しましたが、日中、所在なさげに木陰で昼寝やゲームに励んでいるか、ぼ〜っとしているのは全部男です。内戦でも勃発しない限り、役に立たないどうしようもない代物です。

その点、女性は違います。なにしろ子どもたちを養う責任を負っていますから、一生懸命に働きます。

女性を中心に歴史が回り始めたら、美しい慈愛に満ちた地球が取り戻せるのではないか……と思うのです。

最近、草食男子や草男子と呼ばれる中性的な男性が出現したことは、実は大変意味のあることです。

また、彼らを筆頭にしてこの二〜三年の間で、大勢の男性が眠れる「女性性」に目覚めているという現象が起きています。

意外かもしれませんが、これまで「男」を売り物にしてきた団塊の世代すら、「女性化」してきているのです。

何を隠そう私の中の変化も尋常ではありません。あれほど好戦的だったのに、今は人と争うことがいちばん苦手です。


時代は変わっているのです。

ゴールデンボンバーの「女々しくて」がなぜ四年連続で紅白歌合戦で歌われたのか、不思議に思いませんか?

まさに水瓶座の時代なのです。「調和」「平和」「愛」が重んじられる女性性優位の水瓶座の時代にバトンは渡されているのです。この流れに抵抗することほど愚かな行為はありません。

まずは女性が自らの役割に目覚め、男性の潜在エネルギー（無償の愛）を開花させ、新しい時代へと導いていくのです。

宇宙の自然なムードとしては、現代は「争いよりも調和を重んじる時代」に移行しています。みんなでこの宇宙の法則に身を任せ、穏やかな世の中を目指しましょう。

平和

人類史上初の〝たわごと平和論〟
反戦からは平和は生まれない

永世中立国から、永久平和国へ！

「ニッポンは、世界中のどの国とも戦争はしませ～ん！」

そう世界に向けて、もう約束してしまいましょう。何があっても闘わない姿勢をとり続けると言いきりましょう。

平和って、なんだ？

人類史上初、とんでもない国際公約です。

「なんだそりゃ？」「あのニッポンが、とうとうプッツンか？」などなど、当然ながらいろいろなことを言われます。

でも日本がこのまま中途半端にアメリカと有事を前提とした同盟を結んだり、隣国との対立姿勢を続けていたら、いつの間にか戦争に巻き込まれていた、なんてことはあり得るのです。

ずいぶん前に放映されたドラマ『さとうきび畑の唄』（ＴＢＳ）を覚えていますか。明石家さんま扮する家族を愛する男が、戦場で振り絞った「私は人を殺すために生まれてきたんじゃない！」という心の叫びを。

それでも戦争は起きてしまいました。ときの勢いほど怖いものはありません。

その結果、人類初の原爆を投下され、国中が焼け野原と化してしまったのです。しかも戦後処理の甘さも加わって、日本は今もって近隣諸国から憎しみの対象とされています。もうイヤだ〜！

私は小学三年生のとき、「永世中立国」という言葉を教わりました。その感動を今も忘れられません。

当時（昭和三三〜三四年）はまだ戦後一〇年ちょっとで、戦時中の悲惨な体験を毎日のように聞かされ続けた時代でした。ですから戦争はぜったいにしない、と世界中に宣言したスイスやオーストリアはすごいと思ったのです。

大人になってから、「永世中立国」はスイスのように軍隊を持ち、戦闘能力があるという前提があって初めて可能だと知り、もっともだと思いました。やられた場合は〝倍返し〟が原則なんですね。

残念ながら、世界中には世の中が平和になっては困る連中というのはいるものです。巨大国の軍事産業は黙っていないでしょうし、日本にだって戦争で儲かる企業だってあるわけです。

「平和を願う」ということに、決して一枚岩ではない事情があります。

私はそのような立場の人々の存在も認めつつ、また無邪気に平和への願いを込めて、日本をこのように位置づけたいと思っています。

「永久平和国」

「永久平和国」は永遠に中立で、どの国とも闘いません。日本国憲法第九条「戦争の放棄」そのものです。

そして、ときどき軍隊に間違われてしまう自衛隊を積極的に解体し、「災害緊急援助隊」として再出発します。対象は世界中の被災地域です。

武器弾薬の類はすべて捨てます。軍隊を持たない国として、完全に丸腰になります。

最終目標は、最後の銃弾一発までもこの世からバイバイさせ、「絶対平和」を達成することです。

丸腰こそが、最強の国防

どうでしょう？　このおバカの極みは。

このような夢物語が実現することはぜったいにあり得ないのでしょうか？　たしか

にこれは「伝統的な国づくり」ではあり得ないことですから、いろいろ意見があるはずです。

「そんなことしたら、日本は他国に乗っ取られるぞ！」

「日本は滅亡する。正気の沙汰ではない！」

その通りです。正気の沙汰ではありません。また一方で、

「そんなこと言っても、敵が攻めてきたらどうするの？　いきなり降参するの？」

そのと〜り！　降参します。

攻めて来てから降参しても遅いので、今のうちに降参してしまうことです。

「参りました〜！　アンタは強い！」

そう言ってしまうわけです。

ばかやろう！　もしかするとここまでで読者の半分は激怒しているかもしれませんね。呆れているかもしれません。ああ〜っ、本を放り投げるのは読み終わったあとにして〜。

もう少しで終わりますから、ちょっと我慢をお願いいたします。

もはや狂気がなければ、このような発想は出てきません。でも、今こそ坂本龍馬、

平和って、なんだ？

高杉晋作に続け！　ではないでしょうか。

人類史上最大のたわごとを、ぬけぬけと言い放ってみましょうよ。

間違いなく腑抜け国家と呼ばれます。それでいいじゃないですか、平和を守るためならば！

これまでの国づくりは、戦争が起きることを前提としていました。でも、それこそが、本当に狂っているのではないでしょうか。

――街中で一人殺せば殺人。戦場で敵兵をたくさん殺せば英雄――。

そんなのは、ぜったいにおかしいことです！

丸腰になることが、最強の国防準備です。

「All or Nothing!」これこそが一〇〇パーセントの勇気です。

グレーゾーンでいこう！

人類の二〇〇〇年史は戦争の歴史そのものでした。しかも近年、世界規模の戦争が二度も起きてしまいました。

先の大戦での死亡者総数は、八五〇〇万人という推計もあり、実に当時の世界人口の三・五パーセント以上の人が犠牲となったわけです。

悲しいことですが、これだけの経験を重ねてもなお、世界のどこかで悲惨な争いが続いています。次の世界大戦の可能性は決して低くありません。

平和が保たれているように見えるのは、列強国間で核保有のバランスがとれているからで、平和とはとても矛盾した考えです。そうであれば日本は完全に蚊帳（かや）の外というわけですね。

核兵器を持たず、世界に冠たる平和憲法を擁している日本が世界平和のリーダーになれないのはおかしな話です。

どうやら世界は、日本人が望むほど平和には向かっていない、ということです。

二〇一五年九月、北京の天安門広場で繰り広げられた「抗日戦争勝利七〇年を祝う軍事パレード」が生放送で世界中に配信されました。あれが世界の現実です。

ぞっとしませんか。進化した人殺しの道具をこれ見よがしに世界中に見せつけているのですから、狂気の沙汰としか思えません。

平和って、なんだ？

今、日本では「安保法案」が国中を二分しています。私個人としては、日本はとても危ない方向に舵取りをしているという気がします。

いつまでもアメリカの庇護（核）のもとで平和を維持できるのか、アメリカのためなら、したくもない戦争に加担しなくてはならないのか。果たしてアメリカと袂を分かって隣国の脅威から逃れるすべはあるのか……。

沖縄の基地問題を含めて、日本にとっては悩ましい問題が山積みです。

そもそも日本は、「グレーゾーン」がお得意だったはずです。戦後七〇年間、日本は世界から文句を言われながらも「どっちつかず」の立ち位置をギリギリ守ってきました。

実はこれが日本の平和の礎だという見方があります。私も個人的にはこういうファジーな姿がいちばん日本らしいと思っています。

「ブレない自分」が本当は苦手なニッポン人

話は飛びますが、イチロー選手と大リーガーのパワーヒッターのバッティングを比較してみましょう。

大リーガーは隆々の筋肉をフルに使い、体の軸をブラさず体の回転でボールを遠くに飛ばします。特大ホームランは大リーグの醍醐味です。

一方、イチロー選手は見るからに華奢(きゃしゃ)ですが、体のしなやかさやキレは大リーグ随一といっていいでしょう。

あるとき彼が三塁打を打ったとき、二塁から三塁に駆け抜けるシーンで、私は不覚にも涙ぐんでしまいました。私の中では世界一美しいアスリートの姿です。

イチロー選手のバッティングフォームを見ると、体の使い方がほかの大リーガーたちとはまったく違うことがわかります。

ボール球でも悪球でも態勢を崩しながら体重移動、つまり軸を動かしてヒットゾーンに球を運びます。伝統的な「選球眼」ではなく、「選球体」を駆使する神業です。

実は、欧米人と東洋人では体の作りがそもそも違うのです。いわゆる体躯（身長や体重）の違いではありません。軸の数が違うのです。

欧米人は真ん中に一本太い軸が通っています。例えばオリンピックの短距離などでは号砲一発、目標に向かって一直線にこの軸をブラさず突進して走り抜きます。筋肉の躍動、パワフルな走りです。

一方東洋人（これ以降日本人）は、体の左右に軸を二つ持っているのです。

通常はこの軸を臨機応変に移動させて動きます。筋肉の塊を動かすのではなく、竹のようにしなやかに体重移動を繰り返しながら動くのです。

日本人の走りは前に向かって猛進するのではなく、常に後ろを意識しながら、後ろの空間（風）に押されながら前に進むという走り方です。

歩き方も同様で、颯爽と肩で風を切る歩き方ではなく、「難波歩き」と呼ばれる江戸時代の町人のような、一見なよなよとした歩き方が基本です。

一本軸が攻撃的であるのに対し、二本軸は防御的で、相手の力を利用したりかわしたりして攻勢に転じるものです。

一本軸は豪放で男性的、二本軸は優雅で女性的というわけです。

戦争で一敗地に塗(まみ)れた日本は、西欧に学べとばかりにその生き方や生活様式を変えてきました。

西洋風に「軸をしっかり持て！」とか「軸をぶらすな！」という生き方を基本として教育され続けてきました。

家庭、学校、企業など、いたるところで「ぶれない私作り」が流行(はや)りました。

つまり、体の作りと心のあり方にギャップを抱えながら、この数十年、日本人は生きてきたのです。

決めるときは「なんとなく」で大丈夫

その価値観は、もう過去の遺物になりつつあります。そろそろ解き放たれましょう！

これからは、ブレブレでもいいのです。状況に応じてぶれるほうがいいのです。

一本軸同士が対立する間は、争いが続きます。

アメリカ流のディベートは、相手をコテンパンに叩きのめすのが目的のようですが、決してクリエイティブではありません。片方を破壊してしまうのですから。

積極的に何かを構築しようとすれば、一〇〇パーセント相手を受け入れるブレインストーミングのほうがはるかに効果的です。

「黒白をつけない」「勝敗をつけない」「どちらでもいい」……というのがこれからの選択です。

面白いことに、ギリシャ哲学にも儒教にも「中庸」の精神があります。

選択を迫られたとき、どちらも正しいし、どちらも間違っているかもしれない。だったら「なんとなくこちらのほうがいいかな？」と思うほうを選択してみてはどうでしょう。

キーワードは「なんとなく」です。そう直感です。

「直感は誤らじ。誤るのは判断である」

数十年前にそう江戸川乱歩が言っています。**すべてを受け入れ、比較、批判、評価をしない。直感を働かせ、あるがままに生きる。**

これがこれからの時代のスタイルではないでしょうか。それが結果として、宇宙真理に基づいて行動していることになるのです。

実は日本が得意としてきた「ファジー」「どっちつかず」の精神は、世界で見直されてきてもいるのです。アメリカの実業の世界でも研究されています。

日本人は体に軸を二つ持っていると言いましたが、この二本軸の間には隙間(すきま)があります。

この隙間は本来「他人」のために用意されたものです。日本人は他人を思いやる心がとても強いゆえんです。

ところが油断していると、この隙間に〝熱狂的愛国心〟のようなものが入り込んでしまうことがあるのです。そうなると洗脳状態となって、かつての〝一億総火の玉現象〟を起こしかねないのです。

このことだけは心しておかなくてはなりません。日本の悲劇の多くはそうして始ま

りましたから。

「反戦」を唱えても平和にならないワケ

日本でもこれまで反戦運動は盛んに行われてきましたが、その一方で、平和運動はその活動が見えにくいといわれています。

早い話、反戦運動は「戦争反対！」と声高に叫び、集会などをしてちょっと乱暴に動けば、なんとなくそれらしくなります。

それに比べて平和運動は穏やかに平和裡に実施されるので、その活動は見えにくいわけです。

私は縁あって国連という超グローバルな職場で働いていたためか、紛争問題には人一倍敏感かもしれません。現役時代には、世界がどのような形で平和を目指すべきか、いろいろとシナリオ作りもしました。

マザーテレサが言っています。

「私は反戦運動には参加しません。平和のための運動に呼んでください」

世界平和に向けて反戦運動は必要ですが、そこには常に悲壮感がつきまといます。しかもその前提に、「戦争をぜったいにしない！」という、強い思いが充満しています。これは裏を返せば戦争に対する「恐れ」です。

実は、このように「意識」が結集し過ぎると、戦争が現実化してしまうことになりかねないのです。

想念の力です。この力は決して侮(あなど)れません。

病気のことばかりを考えている人が、病気を呼び込んでしまうことはよくあることです。

「戦争反対！」と唱えながら、常に戦争という言葉とともに、意識は戦争に向いてしまうのです。

サッカーのワールドカップなどで、ときどき「ぜったいに負けられない一戦！」などという超後ろ向きなスローガンを使っている番組がありますが、これでは負けてしまうということです。

平和って、なんだ？

だって、「むむ、そうなんです、負けられない、負けてはいけないんです！」って、否応なしに負けを意識させられているわけですから。

同じ目的を目指すのであれば、守りに徹するよりも、攻めの姿勢を貫いたほうがはるかに成果を出しやすいことは、心理学的にも証明されています。反対のための反対は、結集力が弱く、結果が伴わないのです。

だからこそ「戦争反対」ではなく「平和運動」なのです。

でもここで一つ気をつけることがあります。それは「平和」の定義が人によって違うということです。

日本人の「平和」と、この瞬間に内戦状態にいるシリア人が願う「平和」はきっと別物です。ですから、「平和」を着地点とするがむしゃらな運動は、往々にして不透明な存在となってしまうのです。

だったら、「平和、平和、平和！」と大きな声を上げ続けるのではなく、強硬手段に頼るのでもなく、ユルユルと愉しみながら動いていたら、いつの間にかなんとなく、穏やかな世の中になっていたというプロセスが最善のように思うのです。

つまり「平和」を目的とするのではなく、「平和になっている様子」を意識し、それに基づいて平和を願うのがよいと思うのです。

「何がなんでも平和をつくる！」という気概は、ときとして闘志の〝空回り現象〟を引き起こします。それは必ず対立を呼び込みます。

「平和でなければならぬシンドローム」に陥ると、すべてが辛くなります。必死に頑張ることや、やり過ぎは良い結果に結びつきません。

愉しくやりましょう！　なんとなく、さりげなく、ユルユルと！　それがいちばんなのです。

「国連」に頼っている場合じゃない！

以上を踏まえて、世界平和を実現するために、日本は何ができるのでしょうか？世界の人々にとってわかりやすい「平和運動」とはなんでしょうか。

私はその具体的な方法として、日本が国際連合から脱退することをずっと考え続け

てきました。

そもそも国連は、世界平和を究極の目的としている国際組織のはずです。

ところがその実態は、列強国を中心とする政治的パワーゲームの温床です。世界がひとつにまとまり、共通の問題に取り組むというのはまったくの夢物語で、現実にはそれぞれの国益最優先の極めてドロドロとしたゲームが展開するのです。

国連がもっとも物騒なところは、常任理事国の存在です。

安全保障理事会を構成する一五か国のうち、米、英、中、ロ、仏の五大核保有国は、常任理事国と呼ばれ、国連憲章が改正されない限り、恒久的にその地位にあります。

地位の恒久性に加え、拒否権も与えられ五大国優位の原則が明瞭です。

日本の常任理事国入りが論議されて久しいですが、そのためには国連憲章の改正が必要で、しかも常任理事国すべてが賛成しなければなりません。

もうおわかりのことと思いますが、日本が常任理事国入りすることは不可能な状況です。

そもそも国際連合は第二次大戦の戦勝国が作った仲良しクラブです。〝United

Nations〟は直訳すると「連合国」です。勝ち組が常任理事国という構成は、ぜったいに譲れないでしょう。特に中国は断固拒否するでしょう。

そんな国連に、私たち日本はどれほど期待できるというのでしょう？

ちょっと難しくなりましたが、とどのつまり、日本が平和国家を目指す過程で、国連に期待するものなど何もないということです。

だったら即刻、国連を脱退すればいいのです。

ちょっと前に、私は平和づくりに強硬手段はよくないと言ったばかりですが、この脱退はしたたかではありますが、とてもしなやかな手段のはずです。

世界中の度肝を抜いてやりましょうよ！

日本が何かとんでもないことをやらかしそうだという雰囲気を作ってしまうのです。愉しいですよ、きっと。

一九三三年二月、日本はときの全権大使松岡洋右（ようすけ）を介し国際連盟から脱退しました。その後、日本はますます世界から孤立し、戦争への道をまっしぐらにたどってしまい

ました。

功罪はあるでしょうが、私は今こそ日本が再びこの気概を持つべきだと思っています。もちろん今度は意味合いがまったく違います。戦争をしない道を愚直に進むためのプロセスです。

世界の恒久平和に資するため、日本が自由な立場でリーダーの役目をとる覚悟を示すべきです。

私は国際連合の存在そのものを否定するものではありませんが、現在のようにその機能を発揮できない構造にはいち早く絶望するべきです。

「日本が国連から脱退することなどあり得ない」「そんなの無理だ！」と言う人はたくさんいるでしょう。

でも、「一〇〇匹目の猿」という現象は有名な話です。

日本人の九九・九九パーセントの人が反対したとしても、〇・〇一パーセント、つまり一万二〇〇〇人の日本人が「やってみる価値はある」と意識を変えると、一億二〇〇〇万人の集合意識も変わる可能性があるというわけです。

地球に貢献する高い志と〝変態気質〟を持った日本人が現れることが期待されます。

国連を脱退するだけでは「世界平和」の大望は成し遂げられません。

だったら国連に代わり、機能を十分に発揮できる組織を日本主導で作ることです。

それは「問題解決型」の組織ではなく、積極的に「平和を構築」する組織です。

「国際連合精神世界機構」の誕生！

拙著『スピリチュアル系国連職員、吼える！　ざまあみやがれ、今日も生きている』の一四五ページにわずか二行ですが、こうしたためています。

「もしこの世に国際連合精神世界機構（ＵＮＳＯ：United Nations Spiritual Organization）なるものが存在すれば、ぜひ事務局長に立候補したいものです」

これは、いつか誰かがこんな組織を作ってくれたら……という前提つきの夢物語でした。

ところがあるとき、とても信頼している人から次のような指摘を受けました。

二〇一四年一〇月のことです。

平和って、なんだ？

その人は日本にコミュニケーション分野でイノベーションを起こしつつある人物で、全国にすでに一〇〇〇人以上の同胞を抱えています。

「発想を変えて、いっそのこと国連の懐に飛び込んではどうでしょうか？」

と彼は言いました。

「すでに私たちはＵＮＳＯ設立の第一歩としてＮＰＯを作ることにしました。ＮＰＯＵＮＳＯです。ＵＮＳＯ設立を目指すＮＰＯです」

「ほんまでっか？」

生粋の東京人の私が、なぜか関西弁での返答です。それほど驚いたのです。私の夢物語がすでに実現に向かって動いているとは……。

「そこでお願いなんですけど、こうちゃんにその代表理事を引き受けてほしいのです」

これまた仰天の展開です。

「あらあら、イヤだぁ～！」

あまりにもビックリし過ぎて口調も身振りも、今度はりゅうちぇるになっています。

でも、これを断るバカはいません。彼の後ろに一〇〇〇人規模の強力なコミュニティが控えていて、ますます広がりを見せているのですから。

彼らがこぞってＵＮＳＯ設立の支援者となれば、私が描いている「夢」構想は一気に現実的なものとなります。

スピリチュアル系元国連職員の、残された一五年ほどの生涯をかけるには恰好な目標が見え始めました。

すると不思議なことですが、ＵＮＳＯ設立計画のためにおあつらえ向きの〝人財〟が次から次へと現れるのです。しかもその出会いは加速度がつき始めています。学者、医者、法律家、芸能人、スポーツ選手、心理学系、宗教系、ＩＴ専門家、金融のプロ、ＳＮＳのプロ、芸術家、スピリチュアル系などなどに加え、怪しげな世界的組織に属しているかもしれない!?　という人まで出現しています。

これらの頭脳を機能的に集合し、常識を超えるほどの〝化学変化〟を引き起こせれば、ＵＮＳＯ実現へのシナリオが完成する日はそれほど遠くないかもしれません。

そのプロセスを日々一万パーセント愉しみながら、長く過酷な道のりを嬉々として歩んでいきたいものです。

日本人から地球人へ！　今がそのとき

最後にもう一つ。

もはや人類は、属している国家の威信という人工的につくられた呪縛から解き放されるときです。日本だって、たかだか一五〇年ほど前には属する藩が違うという理由で、日本人同士で殺し合いをしていたほどです。

この世に内戦を経験したことがない国は皆無ですが、現在ではほとんどの国は、穏やかな時代を過ごしています。

問題は国家間の対立です。

でもこれって宇宙目線で観察したら「猿の惑星」でチンパンジーとオランウータンとゴリラが覇権争いをしているのと少しも変わらないのです。悲劇と喜劇が地球という劇場で、同時上映されているようなものです。

人類が地球上に現存するもっとも優れた生物であるならば、その黄金の七〇〇万年

の歴史から学び、叡智(えいち)をフルに発揮し、愛と調和に満ちた世界をつくることは可能だと思うのです。

宇宙から地球を眺めても、国境など見えません。人工的につくられたものは、人の手でなくすことができます。

「国境なき世界」をつくるのか、それとも「人類の滅亡」を選ぶのかは、我々一人ひとりにかかっています。

今こそ「地球人」という選択に目覚めるときです。

日本人から地球人へ！

この発想は、どれほど私たちを愉しく、そしてハッピーにしてくれるのでしょうか！　今この瞬間、日本人として生を受けていることは、決して偶然なんかではありません。

それならば、愉しいことを最高に楽しんでやりましょうよ。

こんな時代だからこそ、真面目に考え過ぎずに、能天気に今まで俎上（そじょう）にあがったこともない発想が求められます。

フェイスブックの書き込みに、こんなものがありました。

「いつでも真面目な人は、戦争も真面目にやってしまう」

奈良のあるお寺の掲示板に書かれていたようです。

これから何年か後に、「世界は日本によって変えられた」といわれる日が必ずやってきます。

そのとき、「遠からず人類は滅亡する」と唱えていた私は丸坊主となり『スピリチュアル系元国連職員、最後に吼える！　なぜ私の人類滅亡説は間違っていたのか』を執筆いたします。これはミリオンセラーになるはずです。

エピローグに代えて

最近はＮＰＯ設立のための審査が厳しく、多くの紆余曲折を重ねた結果、二〇一五年六月に東京都の認可が下り、晴れて「ＮＰＯ　ＵＮＳＯ」として活動が始まりました。

構想わずか八か月で「ＵＮＳＯ丸」が船出をしたことは快挙と言えるでしょう。目指すニューヨークへの波路ははるかに遠く、しかも大嵐の中を進んで行くようなものです。難破や座礁などせぬよう船長としてしっかりと舵取りをしなくてはなりません。

新しい国連組織を日本主導で作ろうものなら間違いなくいろいろな国が潰しにかかります。それらの国々とも敵対することなく穏やかにＵＮＳＯを設立するというとんでもないチャレンジです。

エピローグに代えて

ＵＮＳＯ設立の過程で、いっさいの争いはご法度です。完全に闘わない姿勢を貫きます。相手に対する「絶対尊敬」をあらゆることに優先させます。

そのためには、日本国内のＵＮＳＯに関わるコンセンサスをしっかりと固めることが何より重要です。ＮＰＯが独りよがりの方向をたどらないように各方面からいろいろと意見を徴取いたします。

現在の具体的な目標は、二〇一八年四月にＵＮＳＯ設立事務所をニューヨークに開設することです。そしていつの日か国連の新たな独立機関としてＵＮＳＯが承認されることを夢見ています。

ＵＮＳＯがまず世界の「喧嘩の仲裁役」としてその力量を発揮し、その後は「平和の使い手」として積極的に平和構築運動を展開するという筋書きです。

そして「第一回ＵＮＳＯ総会」は三・一一の大災害から奇跡的な復興を遂げた東北で開催できたら最高です。

そのときは世界中のスピリチュアリストや宗教家が一堂に集まり、教義や宗派を超えて世界同時の「平和の祈り」を捧げる一日を企画します。

この一連のプロセスの中で、これからの平和作りにはスピリチュアリティが鍵となるという私の信条を証明したいと思います。

七三億人の共通項は、政治でも経済でも文化でも、ましてや宗教でもありません。一人一人が必ず持っている「こころの世界」です。こころに訴えかけることができればお互いに本音で語り合うことができる日が必ずやってくると思うのです。

その運び屋としてＵＮＳＯ（運送）をぜひ実現したいと強く希望する次第です。しばらくは日本語で「うん　そう！」と呼んでやってください。

私が不惑を迎えた頃から不思議なヴィジョンを見るようになったことはプロローグでご案内した通りです。このヴィジョンは動画ではなく、定点カメラで映したような光景です。

それは二〇二五年一〇月、ニューヨークで開かれる国連総会での一コマです。壇上には七五歳になった私が立っていて、一時間の特別講演をしているところです。

講演タイトルは「私の平和構想～真の平和を目指して」

この中で、私は過去一〇年間（二〇一五～二〇二五年）の平和構築運動についての

エピローグに代えて

熱弁をふるっているというわけです。

いったいどんなことを語っているのでしょうか？　ウケを狙っていないとイイのですが……。

この国連総会で語っていることこそが、ＵＮＳＯのことです。

私は九年後に備えて、すでにスピーチの練習をしています。ＵＮＳＯの活動が始まったばかりというのに気が早いですね。でもこういうイメージトレーニングはバカにならないのですよ。

私がなぜジムでトレーニングを続けているのかおわかりでしょうか？

このスピーチが単なる年寄りの自慢話として終わってしまうことを、ぜったいに避けたいからです。

話の内容はもとより、「立ち姿の美しいじじい」という印象を残したい、というのが私の本音中の本音です。私のワンアンドオンリーのプライドです。

「セクシーな立ち姿＝セクシーな生き方」は、私の中の方程式です。だから今のうちに骨盤底筋やハムストリングを鍛えているのです。

そして、これからも世界でいちばん幸せな国ニッポンで、とことん幸せに生きてやろう！

最後までおつき合いいただき本当にありがとうございます。

話があっちへ行ったりこっちへ行ったりで頭を混乱させてしまいましたね。お許しください。また途中で論理が破綻している箇所もいくつか見られますね。

私の中でも現実問題とスピリチュアルの融合は始まったばかりで、一つのジャンルと位置づけられるまでには相当の日々が必要でしょう。

これからもそのギャップを埋めていく努力を続けてまいります。どうか読者のみなさまのご指導、ご鞭撻を伏してお願いする次第です。

ご縁に感謝いたします。

合掌

二〇一六年十一月吉日

萩原孝一

萩原孝一
はぎわらこういち

1950年東京、中目黒に生まれる。

アフリカ協会特別研究員。桜美林大学非常勤講師。NLP（神経言語プログラミング）プラクティショナー。

某大学を自主退学した後、渡米。カリフォルニア州立大学院、ジョージタウン大学院でそれぞれ人文地理学、社会人口学修士課程修了後、国際開発の道に進む。1983年から2年間、ケニアの地方都市でJICA（国際協力機構）に中小企業育成の専門家として勤務。1985年に国際連合工業開発機関（UNIDO）に工業開発官として採用される。

2012年3月、27年間在籍した国際連合を定年退職。国連では主に途上国の産業開発支援を担当し、アフリカ20か国で日本からの技術移転や投資促進事業にユニークな成果を残す。

47歳の時に不思議な体験を通じてスピリチュアルに目覚める。その結果、「闘う男」から「愉しむ男」に大変革を遂げ、ようやく人生のスタートラインに着く（それまでは助走だった）。

2011年処女作『スピリチュアル系国連職員、吼える！ ざまあみやがれ、今日も生きている』（たま出版）を発表。

現在、人類の恒久平和を本気で目指す新たな国際秩序の構築を目指し、全国各地で講演活動を精力的に行なっている。

スピリチュアル系元国連職員、再び吼える！

人類史上初、宇宙平和への野望

あなたの幸せは、宇宙からはじまる

2016年12月14日　第1版第1刷

著者　萩原孝一
発行者　後藤高志
発行所　株式会社 廣済堂出版
〒104-0061 東京都中央区銀座3-7-6
電話 03-6703-0964（編集）
03-6703-0962（販売）
Fax 03-6703-0963（販売）
振替　00180-0-164137
URL　http://www.kosaido-pub.co.jp
印刷・製本　株式会社 廣済堂

ISBN　978-4-331-52071-0　C0095